半城花开

日本东海道骑行游记

天天 — 著

人民日报出版社

目 录

DAY 1

阿弥陀佛,威士忌能不能打折 — 002

明治神宫的三个"第一" — 003
上野动物园的大熊猫 — 006
日本流行文化发源地 — 010
红灯区的青龙偃月刀 — 018

DAY 2

这类人在日本禁止泡温泉 — 022

旅途伊始犯上恐惧症 — 023
日本桥是东海道起点 — 026
澡堂子里的大哲学家 — 029

DAY 3

你猜不到的哨所独特功能 — 032

箱根关所的历史作用 — 032
北条早云的雄心壮志 — 037
激情燃烧的年代 — 041
伊豆舞女的浪漫故事 — 047

DAY 4

地藏王菩萨身上的秘密 — 050

一顿十样小菜的早餐 — 051
上下学途中的小学生 — 052
给菩萨穿上红色衣裳 — 054
一块反思战争纪念碑 — 056

DAY 5

水上和云中富士山哪个美 — 062

有些神仙老家在山东 — 066
纪念和平的平和公园 — 068
井盖花纹也是一幅画 — 070

DAY 6

高冷辉夜姬原型竟是嫦娥 — 072

富士山下的广阔原野 — 072
闯入由比宿街博物馆 — 076
樱桃小丸子,我来啦 — 080
手机支付何时能到来 — 083

DAY 7

生平从未见过如此多的庙宇 — 086

路边的橘子好圆好大 — 087
庙太多,和尚已不够用 — 091
基督教的坎坷发展经历 — 094

DAY 8

懂大局识大体的人妻模范 — 096

可遇不可求的好老婆 — 096
樱花未开却依然浪漫 — 101
极简主义风格的拉面 — 105
向着落日余晖的遐想 — 107

DAY 9

同样是皇帝，差距咋这么大 — 110

吉田城的战争纪念碑 — 112
兵家必争之地——三河国 — 113
刀光剑影下的名古屋 — 118

DAY 10

一生必吃一次的飞弹牛 — 122

名古屋天守阁之本丸 — 123
云山相连的飞弹高山 — 129
明治维新成功的原因 — 133

DAY 11

什么才是武士道精神 — 136

人间万事，塞翁失马 — 136
日本学来的忠孝文化 — 142
白川乡的傍晚很安静 — 146
王阳明是日本人偶像 — 147

DAY 12

雪后月夜，白川如童话王国 — 150

和田家是当地大土豪 — 150
美腻腻的郡上八幡城 — 155
东方农耕文明的内涵 — 161

DAY 13

莫奈调色板被打翻在这里（上） — 166

梦幻色彩的莫奈池塘 — 168
一位热情好客的大爷 — 172
滚滚长良川边的沉钩 — 173

DAY 13

晚上发生一些很疯狂的事情（下） — 180

岐阜祭 — 180
亲临跳大神活动现场 — 182
有些人是为改变世界 — 189

DAY 14

在热田神宫没有找到那把剑 — 192

上古神话中的天云剑 — 194
"敌在本能寺" — 199
日本经济失去的十年 — 204

DAY 15

一条很长很长的南宫山路 — 208

草肥水美的大垣城下 — 208
一直走,直到时间尽头 — 212
德川家康的秘密武器 — 220

DAY 16

京都夜樱忽然开满天空 — 224

彦根城外的近江八景 — 224
近江商人闻名全世界 — 229
东海道骑行到此结束 — 234
京都高濑川夜樱纷纷 — 237

DAY 17

没有抢到宇治抹茶冰激凌 — 240

漫步在哲学之道 — 242
宇治那座桥连接彼岸 — 244
《源氏物语》的色彩 — 251

DAY 18

奈良公园的小鹿也会鞠躬 — 254

奈良卑弥呼女王传说 — 256
大唐和尚与日本豆腐 — 260
平安宫红枝垂樱之夜 — 266

DAY 19

护城河中一条金黄色游船 — 270

地铁站里的盲人老太太 — 270
闹市区中的四天王寺 — 272
大阪天守阁与丰臣家 — 276
让路是件很重要的事 — 281

大阪城里的风情见闻　　　　— 282

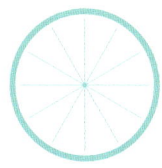

番外篇·洛　　　　— 286

京都的三个碎片印象　　　— 286
鸭川流经的岁月时光　　　— 288
暮霭沉沉的雨中岚山　　　— 290
金阁寺中的那只老虎　　　— 294
独特的京都祇园文化　　　— 295
三年坂上的奇闻怪说　　　— 299
比京都还早的清水寺　　　— 301
江湖带头大哥本愿寺　　　— 303
别具一格的枯山水画　　　— 306
锦市场中的芸芸众生　　　— 308

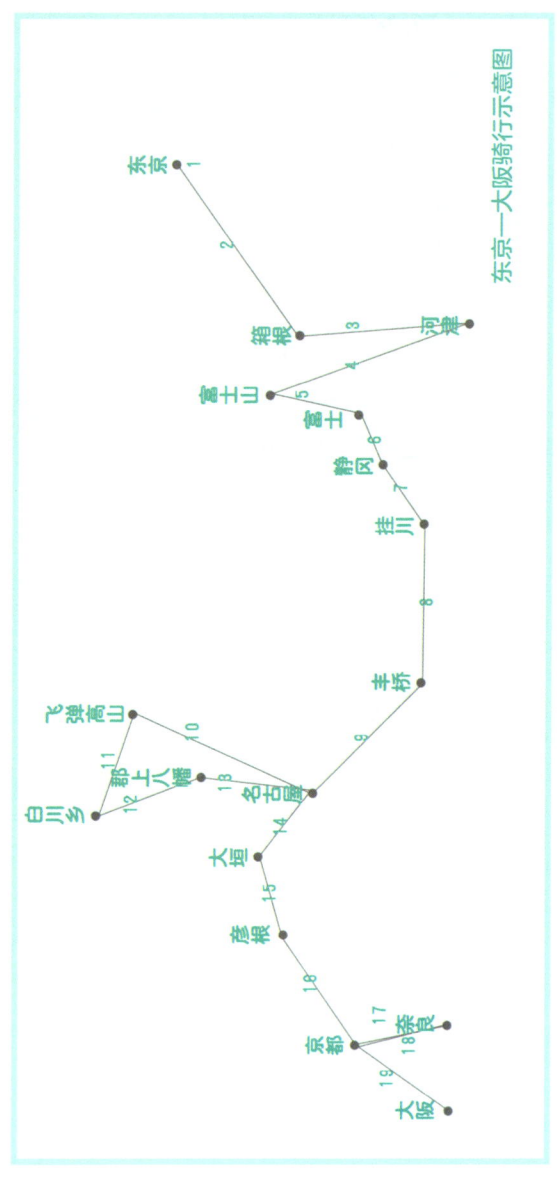

行程	
DAY 1	东京
DAY 2	东京骑行到小田原（81km），坐车到箱根
DAY 3	箱根坐车到河津
DAY 4	河津坐车到小田原市，小田原市骑行到御殿场（41km），御殿场坐车到富士山
DAY 5	富士山坐车到御殿场，御殿场骑行到富士市（44km）
DAY 6	富士市骑行到静冈市（43km）
DAY 7	静冈市骑行到挂川（54km）
DAY 8	挂川骑行到丰桥（70km）
DAY 9	丰桥骑行到名古屋（84km）
DAY 10	名古屋坐车到飞弹高山
DAY 11	飞弹高山坐车到白川乡
DAY 12	白川乡坐车到郡上八幡
DAY 13	郡上八幡坐车到名古屋
DAY 14	名古屋骑行到大垣（41km）
DAY 15	大垣骑行到彦根（48km）
DAY 16	彦根骑行到京都（76km）
DAY 17	京都坐车到奈良
DAY 18	奈良坐车到京都
DAY 19	京都坐车到大阪
骑行路线：东京—小田原—御殿场—富士市—静冈—挂川—丰桥—名古屋—大垣—彦根—京都，共计582km	

阿弥陀佛，威士忌能不能打折

就像准备时不晓得这趟日本之旅怎么开始，开始时也不晓得会进行成什么样子。

虽然有一点忐忑，但更多的是兴奋，对旅途充满美好幻想。过于理想化，可能是人在经历任何事情初期都不可避免的一种倾向，比如，开始一个牌局、一场投资、一段工作，甚至是刚刚开始的人生。

作为一个由小清新向老油腻过度中的中年人，我到东京的第一天，参观了明治神宫、原宿步行街、上野动物园和东京国立博物馆等地，都是一些常规旅游打卡景点，不过有一家和尚酒吧倒是令我印象深刻。东京真是个花花绿绿的地方，走到哪里都有很多人，我还以为日本每个城市人都这么多，但之后在其他城市再也没见过这么多人了。

对日本人的印象，较为深刻的是讲礼貌，比如，经常动不动就鞠躬。鞠躬有严格标准：鞠躬5度表示一般问好，还有15度、30度、

45度，到90度就表示非常恭敬了，甚至鞠躬时胳膊如何摆放都有讲究。当然，日本在近现代史上的表现，与现代社会中呈现的文明很不匹配，这也是我一路想弄明白的问题。

明治神宫的三个"第一"

明治神宫是个人气很旺的网红神社，这里由一大片绿地覆盖，有许许多多虔诚的祭拜者，参拜人数为日本第一。明治神宫殿内供奉明治天皇——就是那位实行明治维新的明治天皇——日本第一百二十二代天皇。日本跟中国不一样的地方是，日本从未改朝换代过，只是掌权家族在变换。

在日本历史很长一段时间里，天皇也没有什么实权，但是天皇代表"天"，天皇就是神化的人，天皇传位凭"八尺镜、八尺琼勾玉和

明治神宫前的广场

日本各地品牌的酒桶

草薙剑"三种神器，代表着正统。中国的"天子"，是个"大祭司"，负责给人间传达上天的旨意，传位玉玺上刻着"受命于天，既寿永昌"。

　　神社是日本神道教的祭祀场所。神道供奉很多神，日本人相信一切皆有灵，号称有八百万神，山川湖海风雨雷电都是神仙，在神社里求功名、求平安、求升官神仙们都会听到。想想日本人有1.27亿，动不动就向800万神灵发誓，神仙也够累的。很多日本人一生中的重要活动就在神社举办，所以来明治神宫旅游的话，运气好可以遇到一场日本传统婚礼，很有仪式感，场面仿佛在拍古代电影。

　　在通往明治神宫的路上，一路参天大树，林间鸟语花香，令人心旷神怡。在路的一侧，可以看到日本全国造酒敬神会和各地造酒家捐献的一列酒桶墙，用于御祭典礼，以表示对明治天皇在位时兴旺日本造酒业的敬意，这面墙几乎涵盖日本全国酒的种类。路的对面是葡萄酒墙，由日本商人从国外买回来供奉天皇的，游客纷纷在此拍照留念。

明治神宫的鸟居

明治神宫外的鸟居高度全国第一，高 12 米，两柱间距离 9.1 米，柱径 1.2 米，属于木制"明神鸟居"形式，据说是以中国台湾阿里山西部树龄超过 1200 年的桧树为原材料。

鸟居在日本随处可见，但也十分神秘，因为鸟居连接人界与神界。当地人进出鸟居的时候都会鞠躬，我这种不鞠躬的人一看就是来自外地。鸟居其实就是个大门，译自中国"华表"一词，走过鸟居后就会看到供奉的神龛。鸟居多为红色，象征着守护的力量，有辟邪的作用。在有些地方的神社，人们在许愿时会献上一座鸟居，所以就有了长长的一排鸟居，特别美艳壮观。

鸟居是怎么来的呢？据说很久以前天照大神藏到山洞，人间没有了太阳，而万物生长靠太阳，怎么办？人们做了个支架，将公鸡放到支架上啼叫，天照大神出来一看，世界就重现光明，那个支架就是第一个鸟居。日本天皇被认为是天照大神的后裔，天照大神就是太阳神，所以日本国旗中间是一个红色太阳。在日本一路遇到很多鸟居，总以为已经够大了，结果还有更大的，搞不清楚日本最大的鸟居究竟是哪个。

上野动物园的大熊猫

有熊猫耶！喜欢动物的同学们，可以到上野动物园看看。一进动物园大门就是熊猫馆，队伍那叫一个长！每天观看熊猫的人数有一万多，观看的时候还要限时间，我实在是没有时间排下去了，从透明的玻璃外面瞄了几眼。熊猫像一位威严的王者，每轻微动一下时，人群

慵懒的大熊猫

就会爆发出阵阵排山倒海的惊叹。

2017年6月,大熊猫"真真"生了熊猫宝宝"香香",专家算了一笔账,这会给东京带来267亿元的经济效益。在动物园里我还看见大象、金丝猴、企鹅、北极熊等,还有各类各样的鸟儿。动物园场地比较小,很多动物都趴着一动不动,比较萌的是小猴子在给大猴子挠痒痒。让我从这些动物中选的话,来世我要做一只大熊猫!

上野公园附近有一座又一座的博物馆,包括东京国立博物馆、国立西洋美术馆、东京都美术馆、国立科学博物馆、东京文化会馆、上野之森美术馆,等等。仅在东京国立博物馆里就有很多宝物,能看到中国、埃及、印度、伊朗等历史悠久的大国的物品。东京国立

最怕空气忽然安静

博物馆很大,我感受到的第一波冲击是,博物馆里文物好多好多。第二波冲击是,咦?有些来自中国。第三波冲击是,老祖宗究竟留下了多少好东西啊!

青铜摇钱树,因其枝叶上有大量方孔圆钱而得名,初次看到感觉很开眼,树尖是凤鸟,树座上有仙人山羊,羊通"祥"。这种摇钱树是我国东汉末年,四川成都地区普遍流行的陪葬用品,伴随追求羽化升仙、长生不老的道教在四川的兴起而流行,装饰主题有朱雀、蟾蜍、玉兔等道教元素,后来到三国末期就渐渐消亡,结合时间地点掐指一算,应该是刘玄德不是很喜欢这玩意儿。

赛克迈特女神像,14至16世纪出土于埃及底比斯。这位女神就

一棵摇钱树

厉害了，爱好是杀人，狮头人身极具攻击性，是古埃及神话中的战争女神，被下了迷药的石榴汁灌醉后，让人偷走了"狂野"和"憎恨"，因而华丽转身，变成一个温顺热爱和平的"猫神"，一个重大改变就是狮子头变成猫头。由于其现在温柔知性的形象深入人心，又被民间赋予"月亮女神"称号。

朱鹮像，出土于埃及，公元前323年至30年。我只晓得这是种在世界范围内也十分少见的鸟类，没想到在古埃及地位如此之高，甚至会被制成木乃伊。作为智慧神和月亮神的托特神，头部就是朱鹮首，据称是埃及文字的发明者，可以说是位"鸟神"。有意思的是托特神有四只肉眼，代表了分离、黑暗、聚合、光明，中国传说中发明文字的仓颉也有四只眼睛，留有"鸟迹书"，这两个传说或许有什么关系？

圣鱼俄克喜林库斯，出土于埃及。俄克喜林库斯是古埃及一座城市，名字就源自埃及神话中一种居于尼罗河的鱼。在神话传说中，古埃及九大神仙之一奥西里斯被他哥哥谋害，尸体分成14块，结果最为关键的部分——生殖器——被这鱼偷吃了，这导致奥西里斯无法长时间复活，所以只好做了冥间之王。有没有感觉到鱼的眼中泛着诡异的光？

日本流行文化发源地

东京原宿步行街是年轻人聚集的地方，我把此处叫作"东京小商品集散中心"，这里有好多好多人，多到我都不想走进那条路了。步

古埃及朱鹮

尼罗河的神鱼

行街入口处有个摄像头,每个人都可以被拍到,好多人聚集在这里做鬼脸。路上我还遇到一个女生,胸前戴着一个牌子,上面写着"7×24小时不间断直播走路",以引起人们对大自然保护的重视。

平日网上见到的日系奇装异服文化,就发源自这里,这里是日本东京流行文化的前沿阵地,其风格就是自由思想和自我表达。它主要

原宿步行街——日本人口最密集的地方

代表月亮消灭你

受20世纪60年代美国人占领时自由文化的影响,再加上一代代日本年轻人不懈努力,跟当地动漫文化结合,就形成这种文化调调。

原宿系主要以高中生为主,走卡哇伊可爱路线,什么洛丽塔风、公主风、森系等,除校服以外什么都穿,平时穿了家长一定会呵斥的那些衣服就穿着来这里,于是原宿变成了一个大秀场。这种穿戴风格装饰物较多,蕾丝、雪纺、蝴蝶结等,还有一部分比较叛逆的元素,金属、铆钉、文身等。不晓得穿白色筒袜和粉红底裤的大叔应该被分到哪一类。

日本的流行审美具有非常鲜明的特色,根据不同地域、不同人群的个性喜好和职业需求,发展出不同装扮风格。除了上述大名鼎鼎的原宿系,还有涩谷系,关于这些我只了解一点点,比如腮红妆、晒伤妆、宿醉妆、kirakira妆之类的。

涩谷系就是所谓的"GAL系",代表青春活力女孩的性感甜美风。日本人说的GAL就是英语中Girl的意思,其特色就是浓妆、卷发、

好大好大的棉花糖

假睫毛。我能想到的就是滨崎步风格,滨崎步的风格偏白 GAL,还有一类是黑 GAL,就是把自己的皮肤晒成小麦色。这类风格被统称为"赤文字系",装扮上比较受男性喜欢,因为陪酒女大部分都是这种风格。

还有一类秋叶原系,在东京的电器一条街,那里是动漫、游戏爱好者的聚集地,也是宅文化的圣地,以 Cosplay 文化出名,如果还不是很了解什么是 Cosplay 的朋友,可能对于 AKB48 这样的团体所知更少。偶像团体 AKB48 就在秋叶原!每天都有演出!这次没有去到十分的遗憾!下次来我一定要去!

感觉我大帝都或者大魔都,也应该有自己的流行文化风格。例如帝都以白领购物为主的王府井系、或以展现大学生精神面貌为主的五道口系、或以成熟稳重的金融商业人士为主的金融街系、或以浓妆艳抹奔驰宝马为代表的三里屯社会人系。

或者魔都,那儿混杂着老法租界气息和小清新风格的武康路系、具有典型上海石库门风格的新天地系、专门解决陆家嘴从业人员午饭的知名地点东昌路系、浓缩着旧时上海滩大佬诸多传说的十六铺老码头系。总之风格一定要鲜明！

不过就目前来看，中国被日本文化影响最大的是理发店，那些叫 kevin、Andy 的理发师，主动承担起中国文化与日本文化融合乃至走向世界的文化媒介的重任。

傍晚我来到这家关注很久的酒吧。单从外表来看，感觉这家店是一个关于佛教主题的酒吧，顶多包装设计到位一些而已，但实际上这是一个酒吧主题的寺庙！酒吧老板就是寺庙住持，店里有各种酒，日本酒、烧酒、梅酒、威士忌等。这家店成立于2004年，距今也有些年头了，应该只有在日本才能看到这样的酒吧。

我去的那天当值店长是真言宗密弘寺的副住持沙门祐也，他告诉我下班还要回离这里不远的庙里，他眼睛里流露出拘谨和真诚。店内面积并不大，顾客都是一些小姑娘，在跟店长愉快地交谈着一些关于人生的困惑，那些妹子哪里是来喝酒的？我完全抢不上话！

在日本,有些和尚可以结婚、生子、喝酒、吃肉，所以有这样

酒吧方丈

 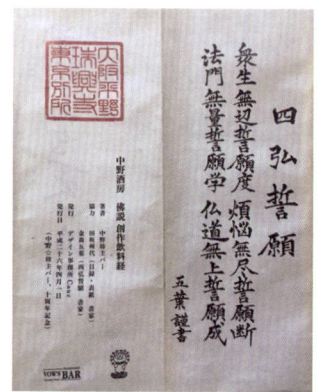

和尚酒吧的菜单

的酒吧也就不稀奇了。酒吧里不定期还会举办一些演唱会和诵经会，让客人喝个小酒听个小曲的同时还能修个小行。就在这个酒吧里，和尚、酒精、音乐、吸着烟的女人，奇怪地组合在一起，这是我做梦都不会出现的场景。

方丈？住持？店长？该怎么称呼？虽然他和我交流不多，但是他那光头也照亮了我的内心，我仿佛看到了普度众生的佛光。感觉来日本当个和尚也挺好，这样人生就圆满了啊。只是埋单的时候很贵很贵，我只想说，阿弥陀佛，威士忌能不能打折？

一天逛下来，感觉东京很真实，白天和晚上也不一样。明治神宫、护国寺、浅草寺等大寺林立，可谓佛门净地、人间圣境；隔壁就是银座、涩谷、新宿等充斥着欲望的繁华商业区，还有一夜暴富的暴发户或者贫穷的赌徒、路边凌晨两点的酒鬼、街头搭讪的性工作者等。如果过于美好，那大多是假的，在真实事物身上，总是能看到相互纠缠的不同色彩。一个如此真实的东京，才容得下芸芸众生精彩或沉沦的一生。

回去的路上，在地铁上看到有人悄悄自杀，列车也因此延误了。看到这一幕我心里"咯噔"一下，毕竟之前只听说日本自杀率很高，总有人想不开去卧轨什么的，但这次有种亲临现场的感觉，回去路上我一直在思考人为什么要自杀这个命题。

对生活绝望？可能是太累，工作生活压力太大了。我观察到，日本人晚上坐地铁普遍在睡觉，大家都很累，随时都能睡。地铁到终点站之后，会有一个人跑着把所有人叫醒，告诉他们已经到站，别睡了，该回家了。日本地铁人流较大时，车门关不上，需要有人在外面把人推进去，这甚至是一份专门的工作。

现代人为什么总是不快乐？在物质贫乏和信息缺乏流通的环境中，

一则令人遗憾的信息

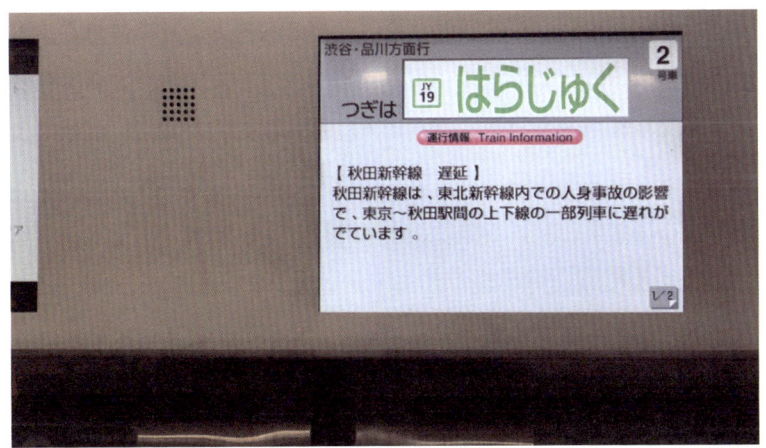

你周边的人没有比你太富裕，人欲望也比较低。现在有了互联网，我们能轻易看到别人的生活，欲望也被迅速放大，但能力却短期内难以增加，那还怎么能快乐起来？况且很多你所看到的，只是别人希望你看到的样子？

红灯区的青龙偃月刀

日本华人黑帮史是极为热闹的一段历史。

歌舞伎町只是一条很普通的街，稍不留神就走过了。我在这条街上走了几遍，没有感觉到什么不一样，只是有几个非洲兄弟，拉着我胳膊把我往小屋里拐。在历史上，这条街名气可大了，特别是关于日本黑帮的故事。在东京所有外国人中，华人占了四成，达到19万，当然这是个模糊的数字比例，歌舞伎町在中国这么有名，可能由于这块地区是华人"地盘"。

日本的国际化，可能主要就体现在黑帮发展上。日本是世界上唯一一个承认黑帮合法的国家，更严谨些说，日本宪法只是承认结社自由，而黑帮也是一个组织。日本华人黑帮可以分为东北帮、福建帮、上海帮等，福建帮会提着青龙刀上街跟人干架，想想那画面是不是太刺激？在百度里搜索日本黑帮，出来的第一条新闻是日本华人黑帮砍死山口组老大。

不到迫不得已没人愿意去做黑社会，大家都是为了讨生活而已。"二战"后的日本，有大量复员军人及征用的他国劳工，人口激增造成物资短缺、物价混乱，这就为黑社会成长提供了社会基础，当时黑

东京汇集了世界各类肤色的人

社会主要是收商贩保护费。这是日本黑社会1.0阶段。

"二战"结束时,小部分日本人留在中国东北,错过了日本经济高速腾飞时期。1972年中日建交后,这批滞留人员纷纷带着美梦回到日本,迎来日本经济泡沫,又错过了中国经济高速发展期,等于是两头错过,对生活非常不满,纷纷加入日本黑社会中来,开启战斗模式。比如当时最为暴力的"怒罗权"社团,主要成员是日本当时留在中国遗孤的后代。这是日本黑社会2.0阶段。

《新宿事件》这部电影,就描述的是日本黑社会2.0阶段的一些事情。电影中成龙饰演的铁头就是混迹在日本归国人员中的一分子,浓缩了一代人的时代悲剧。黑社会无非就那么些事，利益斗争背后是地盘之争、面子之争、上位之争、女人之争等，很多人一开始也只是为了讨生活，混着混着就变成了别人口中所说的黑社会。

话说台湾黑帮过于膨胀，甚至射杀两名日本警察，于是遭到清扫，传统强势代表队台湾黑帮已经式微，而上海、东北、福建的华人黑帮蠢蠢欲动。某一天，福建黑帮砸了上海黑帮的俱乐部，然后上海黑帮向福建黑帮发起反攻，双方青龙偃月刀你来我往，寒光闪闪，一时声名大振。

标志性事件，是上海黑帮五人冲进风林会馆大楼附近的北京料理店，因为当时北京帮受雇于势力强大的福建帮，除了店长，店里的外店员与客人当场死亡，这一年是1994年8月10日，史称"快活林青龙刀事件"，这是众多黑帮火拼中的其中一个小插曲，由此关二爷的青龙偃月刀成为日本华人黑帮的标配。

那段时间发生的故事很多，各种社团之间的各类矛盾，都可以坐下来冷静地谈。兄弟有事情，都是男人和男人之间的事情，然而一涉及女人问题就崩了，没有任何可以回旋的余地，那是动物和动物之间的本能较量。

现在日本三大黑社会分别为稻川会、住吉会和山口组，这些被统称为"极道"，也就是从事暴力或有组织的犯罪活动。日本还有以少女帮派组成的粉红暴力文化，在高峰期有数以万计的成员。在中国台湾，这类不良少女被叫作"太妹"，她们的最大贡献就是为暴力电影中的女性形象提供原型素材。

除了东京，日本黑社会在滨松市也因为黑市利益发生过火拼。滨松市巡警发现朝鲜黑帮在街头有欺诈行为，准备逮捕他们，反遭到包围。朝鲜黑帮举枪射击，打中一巡警的腿，并将其装进麻袋，这时小野组撞见将其解救，双方因为这事儿就结下了梁子。之后朝鲜帮袭击小野组，然后小野组反扑，遭到朝鲜帮埋伏，警察也出动了。当天死伤达到300人，警察最后动用美军宪兵队400人镇压了这场骚乱。

一开始到日本的华人多是干些当时日本人不愿意干的脏活、累活，拿着远比当地人低的收入。在20世纪80年代的日本，有些行业出较高价钱已经招不到本地人，比如说清理下水道。这时，偷渡到日本的华人对美好生活的梦想，就像麦浪上的气球，大多早晚要破掉。

中国偷渡的人群基本上分这么几个小分队，去美国、日本、法国、西班牙、意大利、泰国等，开餐馆、开超市、搞装修，这里面不晓得有多少故事。当然，中国GDP连年攀升之后，背井离乡的人少了，毕竟哪里都没有家乡好。

这类人在日本禁止泡温泉

正式骑行的第一天是这样开始的。

早上9点,想着一个伟大骑行即将诞生,总要拍些有标志性的照片才好,以记录我这次伟大征途的起点。搔首弄姿好久,打算拍的时候,才发现自己竟然不会用自拍杆,并且我还穿着雨衣,行动多有不便,感觉自己举手投足像个插秧的。

我叫住一位在路上匆忙行走的小姐姐,她一身灰色制服,应该正赶着上班。我请她给我拍张照片,并要求尽量把东京塔拍进去。我言语很温柔,但依然把她吓了一跳,她几乎是在惊恐战栗状态中帮我按了好几张,特别怕无法让我满意,等我说OK的时候,她如释重负。

小姐姐安静地快步走了,我感觉自己打扰到她行走中正在思考的灵魂,这样子麻烦别人很不好。照片确实达到要求,把东京塔拍进去

著名的东京塔

了,从构图上看非常后现代,这可能是某种新颖或日式的人像构图模式,把人放在角落里。我甚至都没有来得及说声谢谢,如果还有机会,我一定会对她说:姑娘,塔不要了,请把我单车拍进去……

旅途伊始犯上恐惧症

我在淅沥沥哗啦啦的小雨中开始了行程,阴郁的天气成为以后几天的注脚。

走不完的街头巷尾

面对错综复杂的路线，我甚至不知道当天行程怎么走。不过路线倒是不担心，宁要模糊的正确不要精确的错误，大方向对就行，有时走着走着就没路了，跟无头苍蝇似的左拐右拐。记得正在末路时，有位老奶奶见我游移不定，对我指点一二：库尼吉瓦……我微笑，不断点头，摆出 OK 姿势，然后就按原路返回重新找路了。我一句也没听懂她在讲什么。

我一路碎碎念的是，后座遮雨罩会不会被风吹跑？雨下大了我该怎么办？车爆胎了该如何收场？没有戴手套手会不会磨破？车座有点低会不会诱发我的腰肌劳损？万一前两天屁股疼还能不能坚持下去？怎么走才是最近路线？能不能骑到计划中的目的地？箱根要不要爬山？我多久才能够走出东京城市圈，然后放飞自己？

路途一开始充满新鲜感，遇到同是骑行的不知哪个国家的小伙伴，都会相互大声问好致意。还有一个五人的日本骑行小团队，在我从他们旁边经过的时候，集体把手放在胸口向我行注目礼致敬，搞得我不晓得如何回礼，这些日本骑友的套路太多了。

在我自己的成长经历中，很少得到鼓励。身边的大人们经常会说：你这样子早晚要摔跤。等摔跤了他们会说：早就知道你会这样。其实这都没有用，毕竟当人处于炙热的青春期时，对世界的憧憬，以及如何在这个世界上有所作为的冲动，是压倒一切的。

之所以会想这么多，是因为停下来等红灯时间太长，遇到上百个红灯那是保守估计，几乎要浪费路程一半时间，消耗掉我所有耐性。可以说，我这本书的提纲，就是等红灯时在手机上敲打着写出来的。

基于以上种种原因，这天的行程非常琐碎和充满不确定性。如果一天能分成上午和下午，那么自然而然也就能掰成半上午和半下午，之后再掰成每小时，继而是每分每秒。也就是说，一个周详的行程应该是这样紧密的，临时有情况可以再做修正。

我从来没有这样周密布局过，倒是在反复计算时间的过程里，浪费好多宝贵时间。第一天的骑行之路，不迷路是不可能的，小路多，房子密集，即使在地图上看到路口，也极有可能冲过，总不能每一分钟都查看一次地图。真是不在这个路口迷路，就在下个路口迷路。

我感觉骑行会使我进入一种冥想状态，物我两忘，时间静止，俗话说就是蒙了。在人的认知能力范围之内，是自己所能理解的；在认知思维边界之处，需要耗费大量时间精力纠缠；再往上就只能靠冥想，在这个认知范围外的领域,不宜进入太久和太过刻意,越纠结容易陷得越深。

日本桥是东海道起点

东海道骑行,是无意中走着走着挖掘出来的一条历史之路。出发没多久就遇到日本桥,当时路过没什么感觉,后来路上很多地方都反复见到"日本桥"这个地标。虽然我把东京塔当成我这次骑行的起点,不过真正意义上的"东海道"骑行,日本桥才是真正起点。数百年前在日本桥甚至可以直接看到富士山,现在肉眼已经望不到了,可见空气质量还是不行啊。

1603年,德川家康当政后,为拉动GDP上升,提出加强基础设

东海道起点——日本桥

施建设措施，修建全国道路网。当时修建5条干道，除东海道外，还有中山道、日光街道、奥州街道和甲州街道，有利于统治的同时也极大地促进了文化融合。日本桥成为5条道路的基点通向全国，东海道从日本桥起，一直通向京都三条大桥，全长492公里，这条古道自古以来就十分繁华。

在骑行东海道的途中，我感受到日本战国时期的风云变幻，途经织田信长崛起的尾张国、丰臣秀吉制霸天下的大阪城、德川家康家族盘踞的三河国。了解到今川义元家族没落竟源于一场奇袭，石田三成如何在关原之战中节节败退，真田幸村怎样在大阪城之役中惊鸿一瞥。每到一个地方，我都会见到保留完好的天守阁、当时战场的遗迹、古旧的街道和江户时代的木屋。物是人非，唯有青山不老水长流。

骑着骑着，到中午时，我感觉我的酒快醒了，自己竟"酒驾"了一上午。是这么回事儿，早上去全家买早饭，随手拿了一瓶饮料，我以为是碳酸饮料，没有仔细看文字，喝下去好酸爽！才发现里面有酒精，怎么办？要不……再来一口？！几口下去我就头晕了，晕了一上午……为什么我买酒的时候，没有人确认我有没有满18岁？

东京圈可玩儿的地方实在太多，比如第一天会经过的镰仓，仅在此地就可以逗留数日，其小清新指数不输京都。神奈川县的镰仓是灌篮高手取景地，这个路口几乎成为动漫迷朝圣的地方。在樱木花道和赤木晴子第一次见面的那个路口，我等了好久，都没有抢到一个没有游客的镜头。

漫天的乌云有些压抑，天黑得比较早，傍晚的时候，沿着公路骑

樱木和晴子初次见面的路口

行,一开始沿左侧还是有些不太习惯,说实话还是很危险,日本车速很快,傍晚雨又下个不停,令人来不及躲避车溅起的雨水。经过无数的红灯和密集的路口,人已经精疲力竭,不过比以前东南亚那些山区路况好很多。

可能不得不坐车到箱根了,在那里已经订好酒店,山景房不能浪费呀!所以临时计划骑到小田原市再坐车到箱根。还有10公里到小田原市的时候,车爆胎了!第一天骑行车就爆胎了,出师不利!我一个人无助地站在淅沥沥哗啦啦的雨中,远方的车灯有些刺眼。我安慰自己,好在终于骑出城市密集区了。

于是我把车放在路边就去找车站,坐汽车上箱根岭居然花了一小时,可见若自己骑行应该是上不来的,各种盘山路!各种绕弯!总之,以我个人的骑行能力,一天内无法从东京骑到箱根山上。这天一共骑

我的宝马良驹

了80公里,这已经是这次骑行之旅中,一天内走得最远的一次了。

箱根岭、中山岭和铃鹿岭是东海道的三大险关,其中箱根岭最高,在日本有天下第一险关之称。我出发前做功课的时候,看到以前有人征服箱根岭时爬了5小时坡,有被谷歌导航到山里迷路的,有中途摔伤的。我是折腾不动了,我出走半生,现在已经变成了一个胖子。

想着就要看到富士山了,但是担心第二天还是阴天,那苍山负雪的美景,是否会成为我承受这么多煎熬后的奖励?

澡堂子里的大哲学家

折腾一天,有点低烧,累傻了,寄希望于泡个温泉缓解下情绪。

之前看过一个日本娱乐节目,讲的是泡温泉时,一群黑社会大哥先后进来,越往后级别越高,文身也越来越多,最后一位大哥进来,全身从脖子到脚跟都是文身，顿时 Hold 住全场！遗憾的是，我没有文身，我很忐忑，若是遇到一群黑社会，该怎么应对？在身上画个小动物？最凶猛的动物是什么？我认真思考半天，只想到小龙虾。我思索着往洗浴室走，一抬头感觉氛围不对，怎么跟国内不一样？三秒后反应过来，这是女更衣室！

滚烫的泉水和缺氧的眩晕会让人思绪乱飘，泡着泡着我想：我为什么会在这里泡澡？人类是怎么开始的？什么赋予了它意义？

地球 50 亿年前诞生，又酝酿 10 亿年出现生命，从微生物演化到植物演化到无脊椎动物演化到脊椎动物，人类祖先诞生了！诞生的这一刻是 400 多万年前，然后各物种之间不断相互厮杀，直到 4 万年前出现智人。

所谓智人，就是会用脑子的人。智人在自然界的最终胜出，不是靠蛮力，而是靠智力。之后所有的发展都是关于新的思想、新的工具和新的制度的演变，人类开始尝试着改变环境，而不仅仅是简单适应环境。

太阳赐予万物力量，巧合的是太阳旁边诞生了一个可以居住的地球，而在银河系中有上百亿颗恒星，银河系已经很大，但银河系又不过只是整个宇宙几百万个星系中的一个。怎么就那么巧？

我们崇拜太阳神，我们相信巫师的占卜，我们逐水而居，我们学会采集生产，我们组成部落，这一切都是为了争夺更多的土地、粮食、女人，以延续后代。可能人类的诞生充满了太多不确定性，所以人一生都在寻找确定性。

这天睡觉的时候，我梦到自己费了好大力气，进入自己内心深处，小心地推开门，那里一片狼藉，吓得我赶紧跑出来，途中慌不择路，有种要窒息的感觉。

树丛中的一扇古门

DAY 3

你猜不到的哨所独特功能

无论从什么角度望去,富士山都会有种令人难以言喻的美。

早上拉开窗帘便看到富士山,这是一种怎样的惬意?终于一饱眼福,顿感神清气爽,神采奕奕。无论在多少照片上、多少小说中、多少歌曲里接触过富士山,亲眼见到才明白,之前那只是穷尽其一二。微风吹拂下的芦之湖,仿佛为富士山美景添上了几分醉意,更令人不得不深陷其中。

不过天有点冷,早上在箱根芦之湖附近游玩,下午就匆匆离开了,还有计划中的行程——因"伊豆舞女"而闻名世界的伊豆半岛。

箱根关所的历史作用

这天上午在箱根先去逛了箱根历史博物馆,体验还原后的箱根关

芦之湖

所的样子。这个关所算是当年的检查站,就是我们所谓的哨所,如今的博物馆把当年的场景完全还原了,"栩栩如生"。

细说起来,这里有"千人溜",就是接受检查前排队的地方;有"矢场",就是射箭打枪的练习场;有"汤殿",就是洗澡堂子;有"马厩",就是拴马的地方。如果说前面的名字,看一眼就知道大概是什么意思,那么这个叫"雪隐"的地方,我是实在猜不出来用途是什么了。

是厕所!在日本"雪隐"大多指和尚用的厕所!这个典故来自中国。宋朝的时候,有位雪窦山的明觉禅师到灵隐寺修炼,方丈让他扫厕所,一下就扫了三年,然后他大彻大悟。于是雪窦明觉的"雪"和灵隐寺的"隐"就成了厕所的代名词,在日本一直沿用至今。

遍观世界各国,日本对厕所研究钻研得最为深入,甚至上升到一种禅的境界。日本一些寺院的厕所,往往在院内离主屋有一段距离,静静地矗立在那绿荫森幽、苔草流芳之处。如厕之时,一边欣赏纸窗的微弱反射光线,一边眺望窗外景色,品味鸟语虫鸣情趣。下雨时听

还原的生活场景

着淅沥沥的雨声，窗外雨水滴答，由屋檐落下，溅落在石灯笼底座上，然后消失在青苔之中，在微暗光线中更觉静幽。上个厕所的工夫，人的精神便与宇宙要融为一体了。

在禅宗里，除了扫厕所，砍柴、种田、烧水等都是一样的，其中蕴含了深奥的人生道理和宗教智慧。例如禅宗六祖慧能不识字、不念经，就是经常爱打扫卫生，在扫地中悟出那首著名的偈子。

扫地也可以修心，可以明心见性，这个传统来自天竺的菩提老祖，坐观斜月三星洞，就是一个"心"字。菩提老祖收过一个著名的徒弟，叫作孙悟空，悟空同学一开始七年里什么都没有做，就是一直在扫地，实际练功只练了三年，可见在扫地中积累了深厚的功力。不说了，我这就从淘宝下单买把扫帚。

就这个地方的历史功能而言，虽然是一个哨岗，但不像烽火台，也没有什么防御工事，看起来不是用来防御敌人进攻的，我实在是猜不出它的用途。江户时期，关所旁边紧靠的芦之湖禁止划船通过。

经有关专家认真研究后了解到，这个哨岗是用来防止女人逃跑的，所有女子经过这个检查站，都要解开发髻进行检查。这在当时很重要，德川家康会让各地大名藩主来江户住一年，这个地方就用来防止诸侯妻眷逃回各自领地，也就是说目的是监督那些被软禁在江户（东京）的人质。

我们历史上管这样的人叫作"质子"，两国修好，互换质子，是比较普遍的事情，就像我们战国时期，比较著名的是，有位叫子楚的同学在赵国做质子，这位子楚的儿子就是秦始皇。可见人与人之间的信任是很脆弱的，无论是签字画押还是去神明前发誓，都不如有个质子可信,这应该是战争中能想到的最合理的增信方式了,然而撕票的事情依然常见,毕竟"言不由衷,质无益也"。

德川幕府时期江户成为日本新的经济中心,可以想象当时江户町聚集了天下贵族,名流云集,很多作为人质又不能说走就走,就只能买买买!当时有一个弃武从商的年轻人,叫作三井高利,在江户开了"越后屋",这就是世界上第一家百货商店"三越百货公司",那是400多年前的事情,而三井高利就是大名鼎鼎的三井集团创始人。

在江户时期的日本,人们不准离开自己的土地,对士农工商阶层有严格人身限制,平时老百姓没事儿旅个游是很难的,只有少数经商或要去寺庙烧香拜佛的时候,经过有关部门审批才可以通行。

哨所的最高处

比如我们以往说的"读万卷书，行万里路"只是个比喻，多指求仕途，老百姓也很少旅游，因为营生的生产资料带不走，世代以定居为主。因此东方人文化上的情感抒发，大多是诗意化了的个人生活感悟，什么少女怀春、折柳离别、游子归乡、大江东去之类。

像孔子、司马迁、李白这类有一腔热忱却无处抒发的名家，走遍大半个中国都可以青史留名了；有些士大夫唯一一次出远门，就是被流放的时候。富贵人家偶尔会在附近打打猎，为数不多的普通人出游也是竹杖芒鞋、箬笠蓑衣，很苦。民国前后开始有一些各国游记出现，多有救亡图存的意味。真正消费旅游的兴起，在中国历史上也就是近十几年的事情。

北条早云的雄心壮志

小田原车站出口有一座北条早云的雕像，北条早云是日本战国初期的关东霸主，他的故事涉及一场大仗，史称"应仁之乱"，在日本历史上上百人打个仗，都是可以记入史册的大仗。应仁之乱是日本战国开端，起因有点戏剧性。

室町幕府大将军足利义政无心留恋权力，膝下也没儿子，没法传位，就打算传给他弟弟足利义视，但足利义视摸不透他哥是在演戏还是真的，以出家为由连连推辞，说，哥你才29岁，还能生，要相信自己，还是传给你儿子吧。

足利义政大手一挥说，你不用担心，若生了儿子，大不了我送到庙里！于是就昭告天下这事儿。无巧不成书，一年后足利义政的儿子

北条早云像

就出生了。这下好了,搞得下面的同志们不好站队,一会儿站这边,一会儿站那边,大家心都很累,于是就开撕了。

北条早云初期曾跟随足利义视,随义视暂居伊势,后足利义视在争位中占据上风,返回京都,而北条早云就留在伊势做了浪人,后北条早云的姐姐成为骏河国守护今川义忠侧室,早云便投奔今川氏。应仁之乱后各诸侯纷争不断,今川义忠在战斗中身亡,两派家臣在继承问题上发生分歧,外在关东将军势力也派兵镇压今川氏内乱,就在今川氏分崩离析之时,北条早云出面谈判,稳住各方势力,因功受封兴国寺城。这是一个荒凉小山寨，不过总算当上城主，这年北条早云已56岁。

有一个小据点，即使是方寸立足之地，也可以招兵买马。后北条早云又利用伊豆领主出兵之时防地的空虚，一举控制伊豆半岛，于是名震天下。因为在此之前，各地混战都发生在守护大名之间，都是大名之间的"体制内"争斗，北条早云以浪人身份横空出世，等于"以下犯上"。

之后北条早云利用20年时间辛苦耕耘，拿下小田原城，统一相模国，以伊豆、相模两地为基，开创后北条五代百年基业，北条早云也被称为日本战国史上第一位大名。我相信从一开始，在北条早云心里，是有一块属于自己的天下版图的。

百年后，后北条氏传到第五代北条氏直，后北条氏的政权也结束在他手中。导火线是北条氏家臣违反丰臣秀吉的"惣无事令"，擅自攻打真田氏的城，这违反"保证相安无事"的约定，主要是不给老大面子，丰臣秀吉20万大军压境。

然后北条家围绕"战"或"降"开展了一次会议，会议开了很长时间，却不能确定最终结果，故后人将一场长时间的会议也称为"小田原城评定"。北条氏与真田氏之间的矛盾，又是另一个很精彩的故事了，特别是真田氏家后来的真田幸繁。

天下大乱，群雄并起，日本战国的故事充满忠诚与背叛、怀柔与胁迫、狡猾与耿直。除北条早云外，还有上杉谦信、武田信玄、毛利元就等一代大名，他们没有一丝的松懈和疏忽，每天都在思考生存和死亡的问题。

小田原城下

激情燃烧的年代

英雄本是普通人，普通到不能再普通。

日本战国是个"下犯上"的年代，当时甲斐武田氏，每次上阵时腰间都会带着碎银子，将士有功立马奖赏。只有在乱世，才能大口吃肉，大碗喝酒，论秤分金银，乌鸡变凤凰，鲤鱼跳龙门，小时候邻居杨二狗子变成犬养小二郎，否则如何出头？

日本是个等级森严的社会，没有几个人能从浪人混到大名的阶层。北条早云崭露头角的时候，当时各大名的反应是——这孙子哪儿冒出来的？！日本战国之所以被后人不断演绎，就是因为反传统化，几乎所有大名都来历不明。出身不好怎么办？编一个就好。例如就有人质疑德川家康的贵族姓氏"源氏"族谱是瞎编的，不知道他前几代是在做什么。

出身最不好的是丰臣秀吉，因为祖宗八代赤贫的出身问题，而没有受封大将军，只做到关白，出身差到都没得编。这点在东方文化语境里很容易理解，直到今天日本也是这样。丰臣秀吉本可以过上老婆孩子热炕头的安稳生活，但他就是喜欢折腾，一步一步往上爬，最终到自己所能达到的权力顶峰。这不仅需要决断、智慧和先见之明，还需要无数次从头来过、能承受一无所获风险的勇气。

日本是一个由底层向上不断发展的过程，最关键的时间点就是应仁之乱，此事件之后一百年内，是整个日本社会阶层文化精神财富大转移的时代。例如，从信仰层面来讲，著名的伊势神宫是天子宗庙，朝廷渐渐衰微，甚至发生了后奈良天皇即位时，因为缺乏资金而无法举办任何仪式的事情,有时天皇要卖亲笔签字来筹钱。

神宫的供奉不够了,那怎么办呢?只好开始对普通群众开放了,由此香油钱旺盛起来,通过缓解资金紧张这件事情,可以看出贵族信仰慢慢变成了大众普遍信仰,日本尊王观念也得到进一步强化。

天皇都没有零花钱了,贵族阶层也变得越来越囊中羞涩,所以不得不想办法来维持生计,发挥各自专长广招门徒。阴阳道是由土御门家传授,歌学是由二条家、冷泉家传授,没有这些名门正派的传授就不是真功夫。随着贵族知识技艺垄断的消亡,平民文化逐渐兴起。

东方文化语境下的作品,在很长一段时间里不知男女之事为何物,甚至李、杜的诗,主要讲友情、讲百姓疾苦或者吹牛酒量大之类,将男女之事视为不可描述的禁区。即使后来有一些言情小说,也是以教

鲤鱼戏水

战国武士的神马

化人为主,要人遵守"礼法";离不开因果报应。

平民文化兴起后,就玩开了。以前只是贵族内部比较乱,这下老百姓才知道,平时那些人模人样的都是装出来的,有记载日本贵族糜烂生活的文学,春宵过了几日都还不晓得彼此长什么样子。无论是浮世绘中的美人绘,还是一些描绘乱世中女子的画像,一眼望去都开放得不要不要的。

日本历史上长期学习中国，在其战国之前，所谓的日本文化其实就是山寨版大唐文化，围绕京都京畿文化圈儿，没什么真正市民文化，最多属于宫廷文化；战国后，武士、工商业者等社会各阶层开始繁荣，不仅"三雅"流行，能、狂言、戏剧小曲和猿乐都开始兴起。

有一本叫作《庭训往来》的书，记录当时社会方方面面的知识，几乎是大百科全书，例如和歌、树木、锻冶、唐纸、渔夫、弓箭、乐器、饮食、疾病等领域，甚至还有巫婆、艺伎、舞女、游女、娼妓等——这可能是我以后主要的研究方向。到德川幕府时期，日本的教育开始渐渐从上层社会转型到普通大众。

之后就是明治维新，日本开始一心向欧洲学习，脱亚入欧是明治维新时期一个重要口号。如果说关西的京都和奈良是以学习当时最强大帝国唐朝长安所建，那么关东的东京就是明治维新后学习西方的一个结晶。

这样看下来，日本历史有点乱，其实并不乱。

一开始是绳文时代、弥生时代、古坟时代。这段时间传说较多，史料较少，时间上相当于中国三国时期，在那之前日本还处在原始社会中。中国秦始皇这边都统一六国，"书同文，车同轨"了，当时日本岛上还以捕鱼和摘果子为生，日本历史还没正式翻开第一页。

之后的日本，有著名人物圣德太子的飞鸟时期；开始积极效仿中国，并开始引入佛、儒文化的白凤时期；受盛唐、印度、伊朗文化影响，开创日本第一次文化全面昌盛的奈良时期；全面借鉴唐文化到民族文化兴起的平安时代。

之后需要知道几个大事件：1180年至1185年发生的"源平合

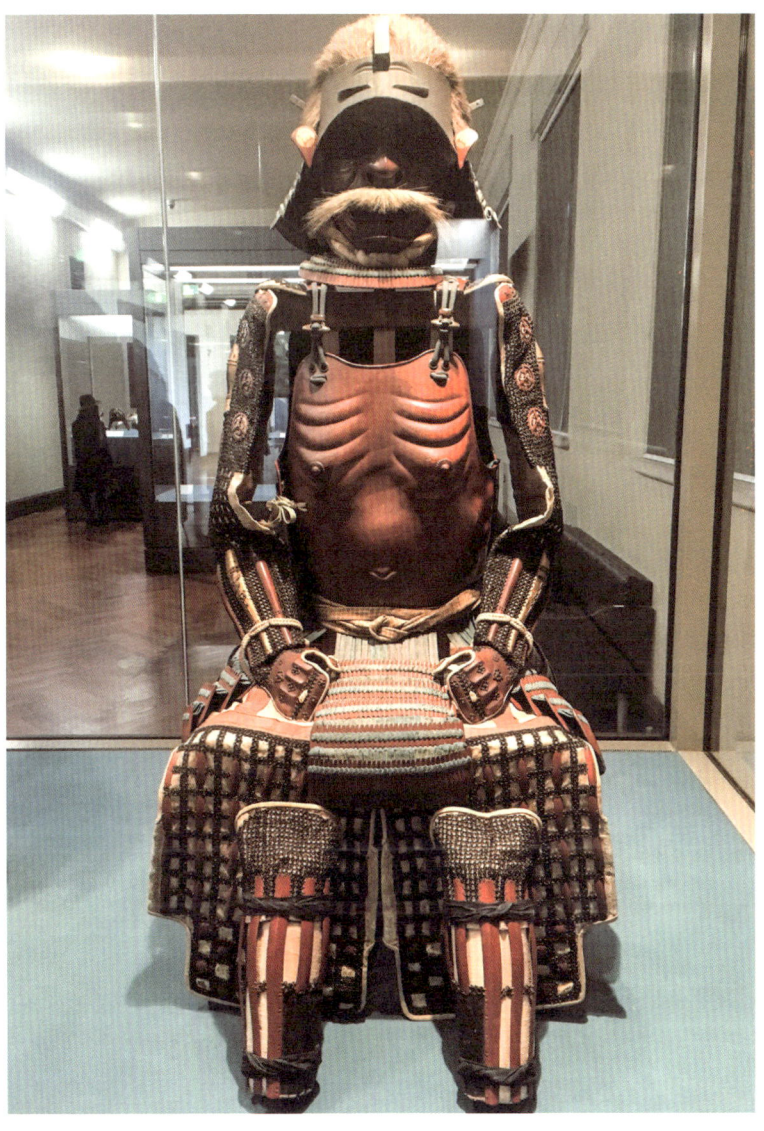

战国武士铠甲

战",胜出者源氏家族确立以将军为首的统治秩序,进入镰仓时期;1336 至 1573 年以奈良和京都为南北朝的对立到统一,称为室町时代;1467 年爆发"应仁之乱"进入战国时代,各军阀势力登上历史舞台;1615 年"大阪之战"后,日本被德川家族统一,直到明治维新时期。

  日本的战国混战背后就是几个大家族的战争,乱世都一样,就像欧洲文艺复兴时期,佛罗伦萨的美第奇家族、奥格斯堡的富格尔家族、伦敦的罗斯柴尔德家族以及纽约的摩根家族。掌握财富的家族才有能力呼风唤雨,只不过所谓和平时期,人的能力是根据创造力来排序的,在战争时期,人的能力根据破坏力来排序。

  皇权、神权、君权和政权,在激荡的日本战国发展过程中多层交织,其实最终是个话语权归属问题。在过去无论是西方还是东方,都是上天赋予皇帝或者国王权力,现代社会更多是一种公民之间的契约。在某些历史阶段,宗教即使不那么强势,也扮演着安慰的作用,像面包一样不可或缺。

  无论什么历史时期,富人都不会把钱主动分给穷人,宁愿扔进大海,而穷人过去通过革命,或者现代不那么激进的方式掌握国会,也会通过政策搜刮富人钱财,然后分配给穷人。只有富人和穷人和解时期,社会才能稳定快速地发展。

  当技术革命和开放走到陌路时,往往民族主义就登台了。在人类有历史记录的 3000 多年中,只有两百多年没有战争,与动物之间相互厮杀一样,粮食短缺的时候,战争是一个统治主体的觅食方式。

伊豆舞女的浪漫故事

时候尚早，无处寻樱，有个叫河津的地方因为会盛开河津早樱，所以十分著名，更为著名的是伊豆半岛的美丽故事——伊豆舞女。

因为单车店休假，修单车要等一天，这天就坐火车到了伊豆半岛，四周环境一片翠绿。沿途坐火车，车上的座位面对窗外，能够方便地欣赏沿途风景。火车到站时间特别准，车上有很多穿着制服的学生，感觉自己进入小清新专列，人们都忙着欣赏车外美丽风景，车内十分安静。

河津樱花期会早一个月，几乎在寒冷的 2 月中旬就开始绽放，一直到 3 月中旬，满开时漫天粉红色。河津町位于伊豆半岛最南端，樱花树集中于入海的河道两岸，目测也就两公里的样子。我到达的时候，正逢 3 月下旬，什么都没有看到，但还是很庆幸来到这里，虽然只有些油菜花聊以自慰。我依然能想象到这里漫天樱花盛开时的样子，悄然无声，那时候人应该会很多吧。

这个地方好安静啊！清新的空气，几乎看不到人烟，像是被遗忘的角落，街道两边开满各种小花，远山沉沉近黄昏，近水潺潺流不停，清晨在这里跑步，应该是一种极大享受。此处在一个半岛上，还是半岛的最南端，远处则是汹涌的大海，伊豆舞女的故事就发生在这里。

我晚上在手机上把《伊豆的舞女》读了一遍，读完整体感觉太平淡了，主要风格是唯美小清新。

故事是讲作者本人三四天内发生的事情，他遇到一个妙龄舞女，

河津入海口

产生了一点点谈不上爱情的情愫,这种感情也多出于自己的一厢情愿,然后就没了,情节谈不上多么跌宕起伏。我读的书比较少,现代人大概不会这样写故事了吧,总要设置些情节、加些人物矛盾、制造些冲突、营造些紧张气氛、调剂些香艳内容,至少人物性格上张扬一些吧,否则写了没人看啊,怎么卖出去?

不过当我得知,《伊豆的舞女》的作者川端康成,是日本第一个获得诺贝尔文学奖的作家时，我决定要重新审视一下这个故事，于是又看了一遍。

看完之后果然觉得挺好！对很多细节还原比较生动细腻，如果非得说一个主题，那就是偷偷喜欢一个人的心动感觉。不长的篇幅中，精准捕捉到那种每个人多少都会经历的对美好爱情的朦胧幻想。虽然可能现实并没有发生什么，人们却总是充满期待。

整篇故事酝酿的感觉，只能发生在伊豆半岛这样恬静的地方。在伊豆半岛四处走走，会感觉到一种淡淡的哀伤。当下更能体会日本诗人小林一茶的那句诗——我知道这世界，如露水般短暂，然而，然而。

我读过的第一本日本小说是《挪威的森林》，不同于很多同学在地摊上拾得这本书，我是在高中图书馆借到的。清晰地记得，我向图书管理员提出借《挪威的森林》时，管理员姐姐脸颊微红，询问同事是否可以出借，只听到一阵清脆悦耳的笑声后，有声音说借给他呀，都快成年了！我当时并不是很明白什么意思，后来看书的时候才明白，那种感觉是——哇！

DAY 4

地藏王菩萨身上的秘密

尽管每天骑行路途很短,但已开始进入状态。

日本街景非常市井化,街道拥挤,很难见到一片空旷之地。在其他国家骑行,一般骑一个小时肯定会走出拥挤的城市,然后豁然开朗,风都轻快起来,像人许久缺氧之后,大口地呼吸大口地吐气那样畅快。

但在日本没有,密密麻麻的路网,一不小心就会拐错路口。特别是一开始这几天里,天气阴郁,那感觉甚至都无法彻底地去伸一个懒腰。路上的行人越来越稀疏,高楼慢慢不见了,矮小的建筑大多是拥挤的木屋,安静的松树枝蔓长到了墙外。潺潺的河流和清澈的水,河边有个老爷爷在跑步,身姿矫健,可见日本的空巢老人多是不甘寂寞。

一顿十样小菜的早餐

形式感,一切都充满形式感。为什么吃个早餐,都要十种以上的样式?要不要这么麻烦哪!味噌汤是必备的,烤鱼也是不可缺少的,米饭颗粒饱满,还有三块豆腐,其他的都算是咸菜吧,萝卜、黄瓜、海带、小菠菜等,还有叫不出名字的,是纳豆?

多样精致、量少新鲜、十分清淡,这是日式早餐的典型风格。这种酒店里预订的日式早餐,形式上应该已经精简过了,当然也可以选面包牛奶这种洋式早餐。

除了食物之外,盛菜饭器物也蛮有讲究。日本漆器大多黑黝黝,古色古香,带着晦浊光芒,用行话来讲这叫"包浆",一定要经过岁月沉淀,幽暗而沉静,留下时间的痕迹和气质,东方文化语境中不是很喜欢那种鲜艳锃亮的新东西。

味之清淡,就像夜之朦胧。日本的建筑也探访过不少,例如,以

一顿丰盛的早餐

神社为代表，一个最大的特点是不会像欧洲教堂那样富丽堂皇，即使是现代建筑，很多室内墙壁也大多是砂壁，无法反光，在昏昧光线下充满柔和纤弱的韵味，人们可以停下脚步，静下心来，慢慢徜徉。

或者走进一家日式旅馆，里面布置全是老旧之物，前人的字画、陈旧的茶室，在傍晚的朦胧夜色中，烛火随门外微风吹动，如丝如缕、忽隐忽现，散发出无尽恬淡之意。这是一种无声乐幕，无意间烛火闪烁的律动，暗合屋外小溪的潺潺流水之声，处处充满诗意之美。

上下学途中的小学生

出东京不久，在一路上无聊风景中，遇见最多的就是日本上下学途中的小学生。路上穿着校服的小朋友们走来走去，大多数都是自己上下学，即使是中午他们也会回趟家，下午再去上课。为什么没有家长接送？我在越南骑行的时候，就见到学校门口很多接送小孩的家长，难道上下学接送是社会主义国家的特色？

偶尔会遇到日本学校放学，一条马路上会有大量身着校服的小萝莉。日本小朋友们都长得特别有生命力，多是穿着类似水手服的校服，有大大的领结，夏天颜色偏浅，秋冬装偏黑。据说这种风格来自福冈女学院大学校长，1917年时，她把自己在英国留学时的体操装推广到日本，并在此基础上加以改良。

与亚洲其他地区的女生相比，日本女生脸比较圆，没有尖下巴，多是邻家女孩的风格，看起来比较安静内敛。我发现一个问题，即使在冬天，日本小孩也露着膝盖和小粗腿。难怪日本老人身体好。

日本女学生

日本女生到职场后，会化很精致的妆，不化妆是对别人的不尊重，化起妆来很精致好看；韩国女生脸尖腿长，走性感火辣路线，一提起韩国女生就想起电视里劲歌热舞的场面；泰国女生长发飘飘，给人一种"初恋的感觉"，一打招呼可能是大兄弟；中国美女现实中比较少看到，主要集中分布在朋友圈和抖音里。这就是传说中的亚洲四大邪术——日本的化妆术、韩国的整容术、泰国的变性术、中国的 PS 术。

给菩萨穿上红色衣裳

在骑行的途中，我第一次看到和尚雕像这么整齐的穿戴。途经的这座庙叫作知足寺，属于净土宗，庙里拜着水子地藏菩萨，菩萨手里抱着一个婴儿，我之前没有听说过这尊神仙，还以为是保佑早生贵子、祝愿母子平安的神仙。

后来了解到，水子（mizuko）在日语里即殇子，指早于父母去世的孩子。这些流产或者堕胎后胎儿的灵魂，会在地藏菩萨保佑下投胎转世，这让我忽然有种莫名的感伤。那些红帽子和围巾，都是曾经有婴孩夭折的父母，将其过世婴孩的出生时辰写在红帽子或围巾上，系于地藏菩萨像上，代表将自己的过世婴孩嘱托给地藏。地藏信仰文化自日本平安时代盛行至今，地藏菩萨成为最亲近大众的菩萨，佛像遍及全国，数量是日本的佛像之冠。

日本佛教同时承担管理墓地的功能，很多寺庙离居民区又比较近，所以经常见大片大片居民区中有很多墓碑。有些寺院会开设学校，经常会见到墓地旁孩子们嬉戏打闹，还有在墓地旁谈情说爱的，这都是

穿衣服的小佛像

寻常生活场景。我个人对这些事情并不忌讳,感觉没什么,但在我们的文化中,这样挺不吉利,让人不得不想起荒郊野外、孤魂野鬼这样的词汇。

日本的墓地只能由寺庙出售和管理,所以这几乎成了寺庙的主营业务,并且可以子承父业继承住持职位,这个就厉害了。日本盂兰盆节在中国唐代时传入日本,现在在日本是仅次于元旦的重大节日,相当于中国七月十五的"鬼节",即祭奠的日子。日本墓地的价格持续坚挺,成为日本低迷经济中为数不多的一道亮丽的风景。

除此之外,日本寺庙在历史上可忙了,扮演着多种角色。比如开银行,可以存钱、发贷款和典当,全国各地那么多的寺庙就像银行支行一样，可以统筹各地资金资源安排以抵御风险。这是种天然的优势，救人所急也是一件大善事。

我能不能在日本买个庙啊？

一块反思战争纪念碑

在我往吾妻神社走的途中，转过一条街道，蓦然间看到一块碑文，上面是说关于战争的内容，讲的是日本国宪法第二章第九条，全文内容如下。

> 放弃发动战争的权利：（1）日本国民衷心谋求基于正义与秩序的国际和平，永远放弃以国权发动的战争、武力威胁或武力行使作为解决国际争端的手段。（2）为达到前项目的，不保持陆海空军及其他战争力量，不承认国家的交战权。

宪法中的这条内容，对日本国内的好战势力起到了压制作用，虽然近些年日本自民党有一些修改宪法第九条内容的尝试，但所幸都无疾而终。相信热爱和平的力量终将占据上风。

历史已经彻底地批判这面纪念碑背后发生的历史，一场侵略战争的定义，并不能因为其目的而有任何含糊。"大东亚战争"表述是经过美化的，当时日本人认为"大东亚战争"是为"驱逐白人殖民者，解放亚洲的圣战"，以达到所谓"八纮一宇"的目的，即"天下一家"，然后让2600岁的天皇成为世界最高君主。

石碑上的日本宪法

    这种思潮也有一定历史原因。日俄战争日本胜利的重大意义是黄种人可以战胜白种人，至少在1905年的亚洲，人们是这样认为的。比如，日俄战争结局惊醒了印度这头沉睡中的大象，印度起来打了个盹然后又睡去了，继续被英国欺负。

    "二战"时日本横扫整个东南亚，英国在东南亚的统治受到重创，印度从英国人手中挣扎出来独立了，有些印度人由此认为这是日本人帮他们打跑了英国人，再加上战后日本给了印度大量援助，于是很多印度人十分崇拜日本，这两个国家虽然离得比较远，但走得比较近。

    对战争罪行进行美化的主要原因，还在于媒体管制。"二战"时，日本老百姓得到的消息，基本上都是各种胜仗、各种威加海内、各种对方又落到了我们圈套中。塞班岛丢了——这是我们在诱敌深入；菲律宾失守了——这是我们计划好的；美军要登陆日本岛——一切都在预料之中，胜利就在眼前。总之，老百姓任何时候都要情绪稳定顾大局。

僵化的体制也强化这种恶行，一种自上而下的管理方式，很难有自下而上的反馈。在1944年年底莱特湾海战前夕，日本声称炸沉美国11艘航母，把美国总统罗斯福都快吓到桌子底下，后来发现没有这回事儿。但当时日本军方前线有人知道是假的也不能翻案，一旦影响士气动摇军心，责任重大。

在1942年8月7日的第一次所罗门战役中，日本夜间袭击取得过多次成功，但是之后美国开始使用雷达，日本海军还在悄悄埋伏阶段战舰就被炸沉了。日本海军仍然坚持之前成功过的战略，直到战舰被全部炸沉。这显然是反馈机制出了问题。

反馈很重要，甚至人性善恶都来自对外界的反馈，不及时地反馈或者错误的反馈会使人走向灭亡。比如战争中，人之所以能做出平时做不出来的残忍事情，是因为不需要像平时那样承担责任，甚至还可能成为英雄。

太平洋战争末期，神风特攻队不断自杀式俯冲向美国战舰，甚至在广岛事件之后，日本也没有立即投降。好战分子对老百姓宣传说，广岛只是掉下来一颗陨石，狂热的军方甚至赌美国就造出来一颗原子弹，认为美国不敢打巷战，声称若有一个美国人登陆，就杀掉所有俘虏，准备一亿人玉碎。

头上掉原子弹的时候，都不能知道真相如何，可想而知几十年来，日本很多年轻人可能都不知道自己国家在"二战"中做过什么。一些日本人至今都认为，他们在解救这些亚洲国家而不是侵略，是从白人帝国主义的铁蹄下解救出那些被压迫的亚洲人民，是一种崇高的行为。

写生的老人们

  一场洪灾过后,一滴雨是否无辜?细胞会牺牲自己换来人身体的健康,所以需要部分人的牺牲来达成这个强权社会的意志,尽量不要做牺牲的细胞,要做一个有意志的细胞。

  吾妻神社在山顶,我爬了半个小时才看到天空。这里是个豁然开朗的露天公园,到山顶后凉风习习,风景盎然,油菜花和路边野花都已经开了,老人们在这里休憩、写生。偶尔见到一些年轻人在草地里肆意大笑,挥洒着无处安放的青春。

  越骑天越黑,最后居然还下起毛毛雨,随着海拔上升,温度骤降,狼狈不堪,终于到达御殿场。我预订的旅社在富士山河口湖,谷歌地

河间的怪石嶙峋

图上显示并没有御殿场到河口湖的线路,这么重要的地方本以为是通车的。经过一番询问,我终于敲定最后一班车,唯一比谷歌地图还准的,就是日本人做事情的严谨程度。我把车子就丢到路边,乘车直奔河口湖。

晚上入住的日式旅社叫作泰平馆,大大超出预期!传统的日式风格旅店,大大的温泉浴室,还有各类明信片和纪念物。老板娘也特别温柔,一直把我送进房间,细心地帮我把鞋摆好,然后告诉我各类设施怎么打开,还很抱歉地说:"本来从窗户往外就能看到富士山,但这两天云太多,看不到富士山,一年总会有 2/3 时间看不到富士山,但我晚上会不断地祷告,希望你明天可以看到富士山。"感动得我都

泰平馆一角

觉得看不到富士山也没有什么遗憾了。

所谓服务好,其实是一种超预期。当我泡澡浑身发软起不来的时候,一伸手才发现原来有个扶手;当镜子上都是水蒸气,什么都看不清楚时,发现镜子中间部分不受水蒸气影响;马桶盖和冲水都是恒温的,还有个按钮可以播放音乐。算了不说了,一副没有见过世面的样子。

记得有一次在日本泡温泉,隔壁是按摩房,有客人把浴巾留在浴室里了,按摩的小姑娘直接跑到男浴室里来找,其他人都很淡定,把我吓了一大跳!这确实很超预期,交通规则变了,老司机也会有点蒙。

DAY 4
地藏王菩萨身上的秘密

DAY 5

水上和云中富士山哪个美

早上一睁眼,就看到窗外美丽的富士山!

一路骑到富士山上,在富士山顶举起单车拍个照片,这本是我的计划。可到山脚才发现,根本骑不到山顶,只能到一半的五合目。这是大巴车所能最终开到的地方,海拔有2305米,剩下的就只能往上爬。再往后山路都是裸露的岩石粒,一直到海拔3776米,富士山最高点,被称为十合目。现在这个时间即使想爬山也爬不了,只有在7月初至8月底时,才可以自由攀登,其他时候因积雪太厚都处于封山时期。

虽然之前也多次看到过富士山,但这次在山脚下仰望,仍感叹这令人震惊的美,清秀、脱俗、巍峨都不足以描述带着雪顶的富士山,一种高冷的气息扑来,虽然已近4月,仿佛还在冬天里。让我开心的是,这是到日本来骑行后第一次遇到大晴天!我兴奋地跑了出去,想换些角度来观察这个美丽的"冰激凌"。

从窗户往外看富士山

  初一看,作为日本第一高山,富士山四周毫无遮挡。这是一座孤独的山,特别是当穿越丛林之后看到富士山,会有种豁然开朗的舒畅感,山体呈现一个完美的倒锥形,还有那向四处缓缓延伸的山脊,都有种令人无法言说的惬意。

  再仔细欣赏,蓝色天幕作为背景,山尖环绕白雪,附近飘着一圈白云,甚至能辨清山上的丛林和小路。樱花开的时候会很美吧,秋天枫叶红了会更美吧,我不自觉地这样联想着。富士山在这里已经矗立了千年万年,感觉让人无法亲近,却又留在了人们心里。

  仿佛就是一晃神的样子,云朵就把富士山挡住了,不知道从哪里冒出了这么多的云朵。山脚下的河口湖,像一幅在不断描绘中的油画,

富士山下

云落富士山

随着富士山倒影变幻而不断丰富,只是蓝色的主色调没有变过,有没有一种蓝叫作富士山蓝?

或许我在这里等到日落,等红日亲吻湖面的时候,样子会更好;或许我在这里等到傍晚,等晚霞铺满湖面的时候,样子会更好;或许我在这里等到凌晨,等银河洒落湖面的时候,那样子会更好;其实任何我所在的当下,就已经很好。

河口湖附近是一个小镇,可能因是旅游淡季,小镇里面人不是很多,河口湖及本栖湖、精进湖、西湖、山中湖共称富士五湖,这附近还有很多的景点,都可以花时间去逛逛。除了爬山必经之路五合目,还有名字很酷的景点忍野八海,那是一片涌泉村,有八口清泉,名气特别大,中国组团大妈特别爱去,日本旅游局在营销方面挺擅长。

申遗是日本旅游局重点推动

富士山下小径

的一项工程,包括富士五湖在内的富士山景区终于在2013年申遗成功,由于担心景区对当地渔业造成影响,是否应该将富士五湖也包含在富士山申遗名单中在当时引发了一些争议。感觉日本人做事思路风格就是不一样,富士山景区这种国家形象工程,岂是因为捞几条鱼就可以耽搁的?富士山作为最有名气的国家公园之一，直到现在也没收门票。富士山申遗工作光前期工作都准备了20年，难道不是用来收门票的吗？

有些神仙老家在山东

我坐大巴车回到御殿场，但不是前一天出发的地方，那个地方在奥特莱斯附近，于是一路狂奔，本来只有半个小时路程，我走了快两个小时，因为路上遇到的神社和寺庙太多了。

每遇到一家我都会钻进去，有些还需要绕一段小路，但是总觉得路程不远，不进去看一下会遗憾，于是就四处绕。我发现这里几乎每个地方都有一家叫浅间的神社，人们把火山爆发理解成浅间大神发怒，于是设立神社以平息神灵怒火。这些地方已经不是景点，每次我到一个神社或者寺庙，都只有我孤零零一个人，是不是当地人参拜时也要看日子？

一路上遇到过不计其数的宗教建筑，让我颇为好奇。日本的神社属于神道教，类似于中国道观，日本的神道教跟中国的道教差不多，都是本国传统宗教，一开始发展得很混沌，各种民间传说，多神信仰。并且在神道教发展过程中也受到中国道教的影响。日本传国重器中的八尺镜、草薙剑乃中国道教除妖降魔的法器。

中国史书有记载，秦始皇巡游到山东时，当地供奉八神，其中兵主是最主要的神，现在日本一些地区也有兵主神的神社。日本应神天皇时期，对应中国东汉末期道教盛行的时期，当时山东有27人到了日本，不仅带给日本水稻种植之类的技术，也带去了自己的神，这就

浅间神社

是日本秦氏的来源。

这批人是从东北去日本的，经由朝鲜半岛一直走到日本，这是中国道教流入日本的传统路径。之所以叫秦式，因为据说是秦始皇子孙，当然也只是据说而已。早期移民到日本的人，不是号称秦始皇子孙，就是汉高祖后代。主要是因为当时日本人也没见识，而这批人有生产技术，能种水稻，会养蚕，理论水平也很高，给日本带去了先进的文明和传说，所以可以得到姓氏并享有很高的礼遇。

我在日本一些民宅门口附近，有时还能看到"泰山石敢当"字样，用以驱邪避灾，保佑平安。小时候我看到这五个字，一直当作"泰山石，敢当"来理解，后来才明白"石敢当"是一块人格化了的泰山石头，也是一位道教的神仙，可以降妖除魔。历史上，凡是从石头化成的神仙都是比较厉害的，比如孙悟空和葫芦娃等。

涉及认祖宗的事儿，往往不好说清楚，就不讲日本人祖先可能是徐福带过去寻长生不老药的三千童男童女的老故事了。有个新的提法，某日本学者认为，日本人的祖先来自中国云南少数民族，生活习惯上有很多一致性，比如都信奉"万物皆有灵"，都崇拜太阳神，发音也类似。不过毕竟云南少数民族太多，究竟是哪个少数民族还没搞明白。

纪念和平的平和公园

这天骑行刚开始，就又下雨了，并且越下越大，令人猝不及防，感觉到日本后每天都会遇到雨天。

很早就听说这座平和公园。这座公园是日本众多平和公园之一，荣膺当地中国旅游团最受青睐的景点，中文的表达是"和平公园"。"二战"末期，原子弹粉碎了日本人"大东亚共荣圈"的美梦，日本战败后，鉴于战争带来的祸害，爱好和平的那部分日本人在广岛、长崎、冲绳、箱根等多个地方建设平和公园。在公园的白色大门两侧，分别书写着："祈世界平和，祈国土安稳。"

这个公园是由民间集资建立的，表达了日本民间对战争的控诉和对和平的向往。公园依山而立，园内还有一座通体雪白的舍利子塔，塔身下有金色的佛像，笔直屹立在平和公园广场上，从佛性慈悲的角度表达了反战态度。

公园内还有一口平和之钟，在一个很中式的亭子下，但这口大钟不让敲，旁边有口小钟可以敲，很多人在这里祈福和平。这里距离富士山很近，运气好的话可以看到富士山全景，我属于运气不好的，公园内的樱花还未开放，我总是幻想樱花开了之后是什么样子。

公园的白色大门

我们应更多去宣扬和平,而不是宣扬仇恨,也不应全盘否定一个国家或一种文化。历史上正是这种自大和闭塞的思想,让我们近代变得落后。如果要竞争,就让我们的房屋比日本坚固、街道比日本更干净、社会福利比日本更完善、教育比日本更好、年青一代对未来更有信心和希望。

晚上又冒着雨赶夜路了,在日本骑行节奏几乎是这样的,早

平和公园纪念照

DAY 5
水上和云中富士山哪个美

上 8 点起，吃点东西后，9 点出发，再逛一下，吃完午饭就下午 1 点，这才开始骑行，骑不了几小时就天黑了，而且常多次停下来，东看看西瞅瞅，所以每天只能往前挪动三四十公里。

井盖花纹也是一幅画

日本文化渗透在生活的方方面面，大到战国纷争，小到路上的井盖，都有很多可讲之处。奇怪的是，井盖上满是好看的花纹。

下水道井盖在日本人的日常生活中，是一件很重要的事物，毕竟下水道里住着忍者神龟。日本甚至还有个半官方的"井盖协会"，由 32 个公司组成，专门负责保护及研究全日本的井盖，每个小镇都有代表自己地方特色的井盖风格。

例如，东京等地区，每一个井盖都有各自编号，还举办过井盖设计大赛，井盖上的花纹反映风土人情和人文历史。我在想，有没有一个学术专题来研究日本的井盖？然后发现，有人专门做过去日本偷井盖的可行性方案，令我大开眼界。

日本井盖具有较高的艺术价值和观赏性，可以保值升值，有山川湖海、花鸟鱼虫、小桥流水、岸芷汀兰，甚至包括机器猫、名侦探柯南和奥特曼，以及各类当地神话传说。作为多雨多震地区的日本，建立了完善的关于井盖的善后处理机制，丢失的井盖会很快换上，以保证行人安全。

从市场分析来看，在日本没有地方回收井盖，扔大件垃圾还得缴纳回收费，所以日本没有人偷井盖，同业竞争较少，想象空间比较大。

并且井盖做工精良,有关部门对井盖厚度、材质和承重等指标都有严格要求,质量过硬,不会出现缺斤短两的情况。

现在唯一要考虑的,就是怎么运回国内了。

路上的彩绘井盖

高冷辉夜姬原型竟是嫦娥

跟富士山相关的事物,以前我只知道富士苹果,惭愧。

这天骑行经过富士山下,才知道富士市的存在,若没有什么特别原因,应该也不会在这里停留,我沿着山脚下一条流淌的小河骑行而过。如果以后选择一座城市养老,那么富士市肯定在考虑范围之内,这座城市安静得能听到小河的流水声,白头富士山就在窗外,房价也没那么高。

富士山下的广阔原野

山脚就是富士市,远处一座美丽的圆锥形火山静卧在天穹之下,巍峨的白头会被错当成云彩,山脚下缓缓倾斜的平原,是日本最具代表性的风景,此处离海也特别近,温带海洋性气候四季宜居。小河潺

山脚的富士市

潺而过,野花漫无目地盛开,令人无限向往。

　　这天骑得无比惬意,一路都是平路,几乎沿着大海在骑行,呼吸着大口的海风,经过一座又一座大桥。不经意间就经过如此美丽的风景,这里还有个美丽的故事广为流传。

　　创作于10世纪的《竹取物语》记载,一位伐竹翁在竹心中得到一个美貌的小女孩,经3个月就长大成人,取名"辉夜姬",长得美艳,名动四方,上门提亲者络绎不绝,然而都见不到芳容。5个贵族子弟坚持到了最后,最终她答应嫁给能寻得她喜爱的宝物的人。这五件宝物分别是佛前的石钵、蓬莱的玉枝、火鼠裘、龙头上的珠子、燕之子安贝,这些都是不存在的事物,所以这些求婚者都失败了。

途经大桥留念

天皇只看了辉夜姬一眼,就念念不忘,但天皇也同样遭到了拒绝。辉夜姬并不想嫁人,平时的业余爱好是夜里没事就对着月亮发呆,终于有一天,辉夜姬披上天之羽衣,升天了,天皇闻讯派兵前来阻拦,却无可奈何。

辉夜姬奔月之前把不死药送给了天皇,天皇收到之后写了封信,上面有诗两句:不能再见辉夜姬,安用不死之灵药?并告诉侍卫将不死药拿到离天庭最近的地方烧掉,这样烟可以直接升到月亮里,以表达思念之情。熊熊火焰让山变成火山,这座山就叫作"不死山"。"富士山"一词就来自当地少数民族,意思就是"永生"。

辉夜姬塑造了一种高冷的形象——世上最美的女人拒绝人间最高权力者,最终奔月而去。中国也有《斑竹姑娘》的民间故事,不过最终过上幸福的生活,和辉夜姬的故事相比结果较为和谐,显示了我国古代神话传说人物身上的一种大局观和责任感。辉夜姬还让我想起嫦

可爱的小姑娘

娥的故事，最后两人都奔月了，两者另外的一个相似之处是，现在都变成人造卫星的代名词。

越美丽的事物往往越危险。富士山是一座活火山，这些城市在富士山下，可能说没就没了。自781年有文字记载以来，富士山共喷发18次，最后一次喷发在1707年。日本面积不大，相当于我国云南省，山地面积达到3/4，沿海平原很零散，耕地面积也少，不仅活火山多，还处于地震带上，偶尔来个海啸，防不胜防。

富士山是神山，偶尔喷发往往代表着不祥征兆。日本战国时期，真田昌幸跟随的武田家面临内忧外乱，其子真田幸村问真田昌幸：我们该怎么办？是否继续支持武田家？真田昌幸皱着眉头坚定地说：武田家待我们不薄，只要富士山不喷发，武田家就不会灭亡！然后转眼富士山就火山喷发了，武田家也随之众叛亲离。这都是日本大河剧记录的正史。

历史上作为罗马帝国经济政治宗教中心的庞贝城就是这样覆灭的。公元79年，举世闻名地存在了600多年、有2万多人口的庞贝城，在维苏威火山大爆发18小时之后，彻底消失了。考古学家发现，庞贝古城遗址中发现的妓院墙上的壁画还栩栩如生。

闯入由比宿街博物馆

歌川广重——对日本绘画感兴趣的同学应该所有了解，歌川广重是浮世绘代表画师之一。之前我听说过浮世绘，仅仅听说而已，并不知道具体是什么，这天骑行途中闯入一家美术馆，细细欣赏浮世绘的作品，大开眼界。凡·高的画风受浮世绘影响很深，日本人很是以此为荣。

通俗地说，浮世绘是一种类似油画风格的写实作品，从内容来看是风俗画，从制作流程来看是版画。而"浮世"二字，来自佛教用语，本意指人的生死轮回和人世的虚无缥缈。不同于以往绘画专注大山大河，歌川广重在市街驿站生活场景中发现了美。

例如，著名的《东海道五十三次》，就是歌川广重的浮世绘名作之一，是歌川广重1832年去京都向天皇献马路上画的，记录了途中

街边的由比宿博物馆

的所见所闻，包括武士、僧侣、船家、农民等社会人，描绘日本旧时由江户（今东京）至京都所经过的五十三个宿场（相当于驿站）景色，成为当时最为流行的旅行指南。

我所到访的这站叫作由比宿，位于静冈县庵原郡由比町，是第17站，第一站是东京日本桥，最后一站是京都的三条大桥，包括两段在内共有55幅画。

与博物馆比肩相邻的是歌川广重美术馆，里面展示很多有趣的事物。比如教你如何画一幅浮世绘作品，共分为11步，第一步是勾勒出轮廓，然后慢慢着色，描上了大海的蓝色，又描上了天空的红色，山的颜色是凝重的，树的颜色是轻盈的，海上的小船随意一些，树叶要表现出风的力道，最后的着墨是匆匆的行人，整幅画就活了！

我所细细观赏的一幅画，应该是名所绘，主要记录各地风景，其余的还有很多分类，例如，役者绘、美人绘、花鸟绘、武者绘等，种

和蔼的老奶奶

类之多就无法一一详细观赏了。好玩儿的是,美术馆大厅里就有一个现场可以制作浮世绘的流水线,可以按照提示一步一步来做一幅画,只要在模子上涂色就可以,非常简单。我兴奋地弄了半天也没搞成功,就生气地走了。

古道上的建筑古色古香,正是我理解中几百年前古镇的风格,都是木制房子。偶然走进一座古屋,遇到接待员老奶奶,给我塞了一块糖,把糖给我后,等着帮我收糖纸,然后一群旅游团进来了,是日本当地的夕阳红团。老奶奶一边忙,还跟我打招呼祝我一路顺利,送我一些小挂件纪念品。这么小的景点,百度上都查不到,若不是偶然经过,很难发现。

这条古道景点之所以多,是因为其在历史上战略意义重大。路面也很窄,古道的尽头就是山体,山体仿佛直插入海里,山海间只留下东海道本线和国道 1 号公路,往东相邻的是骏河湾。这里有还原的由比宿街模型,以 1∶150 比例再现当年街道两旁的样子,令人向往。

天色灰蒙蒙，看到观景台指示牌，才晓得这里是——萨埵峠（音同洽，三声）。站在观景台上，可以看到被称为东海道第一绝景的风景，在《东海道五十三次》中歌川广重也记录了这里的美丽景色。我到那天的感觉是——怎么说呢？可能风景美不美还是要看天气吧……

在江户时期，这里还是残崖断壁，山路陡峭万分，地势易守难攻，自古为兵家必争之地，而现在从此处望去，则是翻涌的骏河湾、繁华的城市以及不变的富士山，这种结合过去和现在元素的场景，被认为最能代表日本社会的变迁。

这是漫长的一天，我在富士山下慢慢地骑着，时不时回头看一下越来越远的富士山。一路上我还探访了水神社，所谓有水必有社，途经的这条河叫作富士川，历史上曾经发生过富士川之战，这场战争就

浮世绘中的萨埵峠风景

富士山回眸

是那场著名的"源平合战"的组成部分之一。一路走来,日本很多地方都有大大小小的战争遗迹,令人眼花缭乱。

平安时代末期,平氏太过专权,源氏起兵讨伐平氏,源氏势力逐渐集结,以关东为主要根据地,两军会于富士川,平氏兵马疲倦,望风披靡,未战而败。清和源氏,是日本古代皇族赐姓的贵族,势力遍及全国,平氏初败后,全国反平氏势力纷纷响应,直至平氏覆灭。此后,源氏一族源赖朝于1192年就任征夷大将军,并设立幕府,开创了日本绵延700余年的幕府制度。

樱桃小丸子,我来啦

这天计划的行程目的地,是日本一座美丽的海港城市——清水市,仅这个名字就让人感觉很美。傍晚的港湾中船桅林立,岸边灯火昏黄,海浪不断地拍打着海岸,泛起白色的浪花,远处就安静了许多。富士山巍峨在天幕中,山顶积雪在月亮下发出微弱的光,几朵云飘过来,感觉更加静谧。然而我没有把时间用在欣赏美景上,而是全泡在樱桃小丸子博物馆里!

毫不费力我就找到了小丸子博物馆,馆里循环播放着樱桃小丸子主题曲,这里是电视动漫中的场景现实化,有小丸子成长的房间、教室等。教室门外鞋柜上,有许多大小不一的鞋子,鞋上还有每个人的名字,这是小丸子全班同学的鞋柜。教室里,老师正在认真地准备上课用品,细致到每一根铅笔每一块橡皮。除了上课的场景,还有一些生活细节的还原,让人觉得现实中真的有这么个人。

把动漫中的样子搬进现实中,代表了一种永不磨灭的梦想,这些场景其实都还是次要的,主要是小丸子带来的乐观精神影响了很多人。日本漫画中所传达的积极价值观,对我而言远胜于死板教条的课本。

对东瀛的印象,就是由很多动画片串起来的,曾经对《圣斗士星矢》中的雅典娜如醉如痴,对《聪明的一休》理解是那么的单纯,《四

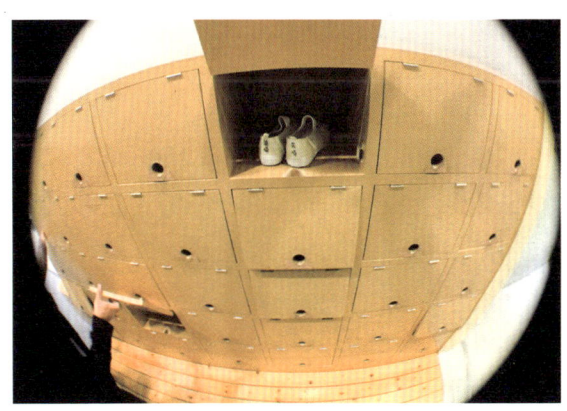

鞋码不同的鞋柜

小丸子的老师

驱小子》流行时引领了一波玩具四驱车风潮,更不要说《七龙珠》《蜡笔小新》《机器猫》《名侦探》之类的了。

这些动画片即使放到现在也是非常好的作品。日本文化的繁荣,可能来自其较为宽松的创作环境。比如,虽然日本法律严格规定,禁止传播和销售"淫秽物品",违者处以 2 年以下刑罚或 250 万日元以下的罚金,但同时出于保护言论自由,宪法规定禁止对电影电视出版物进行审查,因此有关部门并不能设置审查机构,禁止一刀切。

问题来了,法律规定禁止道德淫秽物品的传播和销售,什么算淫秽?虽然穿着衣服,但我就是会联想很多,看到女人露个胳膊能把孩子名字都起好;就算没穿衣服,我从艺术审美角度来看,这是高雅情趣,怎么能说淫秽?电影怎么拍才算不淫秽?男女接吻算不算,身体接触算不算?接触到第几下才算道德沦丧?

电影《感官王国》的导演大岛渚曾在法庭上说:"淫秽这种东西,只存在于一心要取缔淫秽的警察和检察官,或者与这些警察和检察官志同道合的人的意念里。在这世界上,根本就没有淫秽。"

这种言论,简直是要教坏小朋友!

手机支付何时能到来

一路走来感觉日本交通很通畅,真正可谓四通八达,农村也有地铁 JR 线,充分体现出日本新农村建设走在了前面,不过地铁票务系统好几十年没有换过,移动支付技术严重滞后,想想也是醉了。

由于国内移动支付技术的普及,我出门已经不带现金,但日本还

十八线海景的日本小镇

处在硬币兑换时代，有时买地铁票或在超市购物时，我会抓一把硬币给对方挑，或者在等对方找零时，总会浪费一些时间，后面顾客会在一米之外耐心地等着。为什么不搞个移动支付？中国互联网支付应用层面确实比日本强很多。

互联网这一新兴行业在日本没有得到迅速发展，反映了日本人不爱创业的性格或习惯。年龄、工龄和学历等跟能力无关的特点，仍然影响着日本社会的运行，人年轻时都希望靠能力，到了岁数或者混出点地位，又告诫年轻人要懂大局、要有情商，这些都是变相告诫年轻人要注意层级，不要想太多。

这种论资排辈文化形成日本纵向的社会结构，传帮带氛围特别有秩序，适合集权且动员能力很大。日本工会都以企业为单位，马克思所说的无产阶级联合起来在日本并不现实，因为企业中有"家"的概念,一个打工者会想,为什么要联合其他企业的人来对抗自己的企业?有问题内部解决不就行了?

在这样的环境中,大企业垄断没有改革动力,小公司缺乏各种资金支持。日本利率都是零甚至负利率,大家都把钱存到银行,说明资金不愿意冒风险,市场回报率很低,也没有活力。当然,这种扼杀竞争但有序的体系,也曾在日本经济腾飞的时候,发挥过很大作用。

从另一个角度看,日本人不换工作,更倾向于从经济逻辑来考虑问题,工作调动带来的成本和损失大于老实待着不动,毕竟一个人的忠诚度也很重要,不像经济快速发展的市场,升职加薪都是靠跳槽。日本企业普遍是终身雇用制,安心工作就挺好,收入不断增加,级别不断提高,可以规划自己的未来。

虽然日本硬件上很发达,但其文化、法律、消费习惯等多方面因素,都在制约创新和改变,因此并不是所有新技术都可以很快得到应用。技术科技发展其实是一场连续革命,但人类梦想总受环境制约。毕竟在发明蒸汽机之前,人类想加快速度,只会换一匹快一些的马。

技术发展像闪电般迅速,而社会制度总在一点点试错、改善和适应。比如现在日本法规还不允许把钱从银行账户划转到第三方账户,之前被经济危机吓怕了;比如无人驾驶技术已在迅速推广,但法规没有跟上,很多地方还禁飞,也没有出台相关规定。

既得利益者也没有动力改革,比如日本"卡"文化发达,一张卡可以解决交通、零售等多领域支付问题。这点十分重要,就像美国人习惯用信用卡,所以 Apple Pay 在美国发展很慢。

生平从未见过如此多的庙宇

不晓得是之前就对日本有一种较为压抑的印象，还是来了才感到压抑。

开始几天的激情退却，"佛系骑行"的状态出来了，每天都是阴天，有些路段一眼望过去要么是山峦，要么是庙宇，让人无比压抑。我从未见过如此多的寺庙，也不是每座庙都有故事，很多只是生活中一个普通场景，看多了就有些麻木，感觉自己快要心灵出家。

不过日本历史上也发生过大规模"毁佛"行动，日本明治维新前期政府颁布"神佛分离令"，打压佛教并将佛教世俗化，主要为还政于天皇，巩固天皇统治，将神道教奉为国教，这直接导致许多寺庙被毁，明治维新后日本建立起以天皇为中心的政教合一体制，由此日本天皇变身成战斗的"超级赛亚人系"，开始一系列改革扩张之路。

路边的橘子好圆好大

出发前看了这天的路,吓得有点不敢走,一路下来会经过一个叫"大崩海岸"的地方,虽然陡坡并不多,但仍可见断崖峭壁,有大风雨时,这条路就会封闭,所以为绕开这段危险的山路,政府修建了一条海上桥。尽管这已经是行程中比较危险的一段路,但远比不上台湾清水断崖的壮丽,可能也有天气缘故吧。看着远处的海平面,吹着海风,觉得这一天骑行充满能量。

乌云厚得看不见天空,远处的山和房子都被压扁,路上雨时有时无地下着,打磨着人的心情。城市里的小河水量是充沛的,河水欢腾流向远方,而郊外有些浅浅小河已经几近枯竭,有些地方还露出石粒,

烧津市的乌云

日式肯德基老爷爷

杂草丛生,仿佛许久没有人来过一样。

本计划到烧津吃午饭,整点海鲜烤鱼什么的,从地图上看烧津就挂在海岸线上,这个地方曾经是日本捕鱼量第一的渔港,有个巨大的烧津鱼市中心,想想就流口水。正当我四处找寻鱼市的时候,忽然发现了一家肯德基,二话不说就进去把午饭解决了,是门口那个笑容可掬的肯德基老爷爷吸引了我。

沿着东海道走了几天,越发能感受到城市和文明是怎样孕育而来的:有平原的地方,就能孕育出大城市。特别是东京都市圈,就像我们太行山成为文明发源地的道理一样。太行山以东是华北平原,以西是太行山脉,高低落差形成大量河流,河流奔腾入海,给华北平原带来肥沃土壤和充足降水,水草丰盛之地,适合农耕民族生存发展。日本关东平原就像一个缩小版的华北平原,因此骑行的时候,过不久就有一座很长很长的大桥跨江而过,每座铁桥都很长很长。

天还在下雨,这为骑行增加了困难。所以出远门骑行,车还是一定要选质量好的，我的小车已经开始出问题，几乎每天都要修一次，好在加油站可以修单车，不过也很浪费时间。

路边橘子树真心多，橘子又大又圆，掉到路上也没人捡，有些都滚到路中间。这让我想到《菊次郎的夏天》这部电影，这部电影就是在这附近取的景，电影中菊次郎拿三个大大的橘子换了三块寿司，我看电影时就觉得有点不划算，橘子太便宜了吧？

这部小清新电影，讲述一个叫正男的小学生在中年大叔帮助下，去远方看望母亲的故事，这位中年大叔，就是北野武扮演的菊次郎。还有几个角色，内心都很温暖，他们守护着小男孩正男，其实是在守护自己的童心。剧中久石让欢快的音乐，几乎溢出了整个画面。

橘子黄了

DAY 7
生平从未见过如此多的庙宇

滨松的郊外

如果是其他导演,一定会让主角正男看到自己多年未见的母亲时,痛哭流涕地相认,以达到感动人的效果,然而这部剧没有。我们内心很多东西,最终还是放在那里,很难去触碰,这部情节平淡的电影,重大意义在于审视自己的内心。人生已经很孤独,自己无从表达,外界又毫不在意,就不要强行加戏。

日本小清新电影不哗众取宠,男女主角一般不像韩剧那样要拼颜值,导演的表现手法是将故事缓缓道来,取景之地也来自现实生活，具有亲近感，类似某种极简主义表达风格。台湾电影的小清新风格中也有日本电影的影子。

这天住在滨松附近，是座令人眼前一亮的城市，被称为音乐之都，因为有雅马哈这样的企业。在滨松城市中随处可见摆放的雅马哈钢琴，所以毫无疑问这是一家音乐器材制造公司，同时还是一家世界排名第一的雅马哈摩托车的所在地。两家雅马哈是兄弟公司，雅马哈还盖房子、造发动机、造船、生产电子设备等，几乎没有雅马哈不干的行业。

庙太多，和尚已不够用

日本的和尚很多，但日本的庙一定比和尚多。

这一天，我发现自己几乎都在逛庙和拍庙，我都怀疑自己快成为寺庙控了。很多庙里都空荡荡的，生动体现了《金刚经》里"应无所住"的境界。里面啥都没有，别说收门票的，收香火钱的人都没有。有的寺庙门前，红花飘落了一地，也没有人理会。

以前在老挝琅勃拉邦骑行时，遇到过一些小乘佛教庙宇，一条街两三座庙已感觉大开眼界，日本几乎每个地方都是寺庙林立。这天在不到5公里的山路里，都是荒无人烟的地方，但地图上能显示出久延寺、白山神社、常现寺、长松寺、永宝寺等10座寺庙。据说日本寺庙有76000座，比日本便利店还多。

我对寺庙最初的印象，来自老家河北邯郸一个名叫二祖村的村里的一座二祖塔，里面供奉着慧可舍利。二祖慧可是禅宗始祖达摩继承

曹洞宗小庙

人，慧可在此地讲经说法时，被人陷害致死，后人为了纪念他把村名改了。

现在二祖塔已经没了，连个遗址都看不到，只有个坑，据说要重建。我小时候就听说日本人几十人组团到二祖塔前拜谒。

我一路都在思考，除宗教之外人们对主观世界的探索很少，对于客观世界的探索远远多于主观世界，比如我们约定会面，可以约定一个时间地点，却无法约定某种共同情绪。主观世界是否也可以科学地去探索？

时间本是不存在的，是人们发明的计时工具，用来描述人与世界之间的一种维度。例如,说 10 点在人民路见面,这是一个很确切的表述,如果只说人民路,我们是很难见到面的。其实说这路名理论上也不正确,因为可能还有重名的地方,毕竟这也只是个命名。

为什么时间可以测量?因为我们用它来描绘事物的变化。一开始我们没有发明时间的概念,后来把一天定义为地球绕太阳一圈,并用钟表来展示。这个世界是意志的客体化,时间只是我们为认识我们所以为的世界而发明的工具。

有些事物是超越一切的,并不假借于客观,这时时间会失效。我们表达悲伤时,可以说有些悲伤、一般悲伤或很悲伤,如果非要加上数量词,一点点悲伤和一万点悲伤,也只是在说明程度浅深,最终还是无法表示到底有多悲伤、你的悲伤和我的悲伤相差几何。

相比王阳明以"心动"为耻,庄子"鼓盆而歌"更加能说明问题。庄子死了老婆反倒很开心地在唱歌,说人来自天地又回归到天地,应该坦然面对,乐得安息。或许庄子应该跟归有光聊聊,归有光"庭有枇杷树,吾妻死之年所手植也,今已亭亭如盖矣",久久从悲伤里走不出来,是不是因为庄子的老婆没有归有光的好看?

所以悲伤能有多长?一秒?十年?一辈子?无法测量,时间无法定义悲伤。有的人刚死了老婆就娶了新老婆,有的人一年后才娶新老婆,从这点来看,这短暂的时段和一年的悲伤对个体来说可能是一致的。人的所谓当下来自过去在脑海中形成的认知,这种认知是无法用时间来衡量的。有些人参透生死需要一生,有些人可以瞬间顿悟。

所以我们究竟如何来量化悲伤?

基督教的坎坷发展经历

日本有从中国传入的佛教、本土发展的神道教,那么有没有基督教?

基督新教在日本的发展开始于"二战"后。基督教在东亚发展初期不是很顺利,在日本江户时代早期,有过规模浩大的反基督教行动。其在中国传教初期也很艰难,16世纪中期,罗马教廷想到东方国度还有广大人民群众还没有得到上帝召唤,心急如焚,派遣传教士到中土传福音,但由于明政府禁止西方传教士入中国,所以初期只在澳门建立根据地,始终进不了中国内地。

取得重大传教突破的是 Matteo Ricci,这位传教士给自己起的名字叫利玛窦,他穿着僧袍,受到当时知府大人的热情接待。利玛窦在肇庆建立第一个教堂,一开始遭到当地知识分子和绅士的反对,说会破坏一方风水,动工日子也没有找位老先生算过,不能动了一方根基!利玛窦两手一摊,表示很无奈。中间经过各种协调,终于落成,称作"仙花寺",以佛教的名义来传播天主教。

这一年是 1585 年,明万历十三年,中国大地上有了第一个十字架。

其实更早希望来中国传教的传教士叫作方济各·沙勿略。方济各来中国之前,把天主教的火种先带到了日本。这个传教士小团队一开始日语没有学好,传教过程中沟通很困难,逐渐有了几百名教徒后,又受到了日本佛教界的围攻,最终希望拜见日本天皇的计划也没有成功。他认为既然日本的各类教派都是来自中国,那么如果在中国传教成功的话，日本也会效仿。

结果由于中国海禁，方济各·沙勿略甚至未能真正意义上进入内地，1551年死于广州上川岛，这个小岛是海盗们走私的据点。方济各之前还在印度传过教，一个出身贵族、26岁就拿到哲学博士学位的人，由于对天主教事业的热爱，一生致力于传教事业，这些传教士的征途，真的是星辰大海。

基督教后来在日本发展也是相当失败，有部日本电影《沉默》反映的就是基督教在传入日本过程中所经历的理念冲突。在17世纪时，闭关锁国的日本被视为基督教的"禁地"，1613年德川家康发布禁教令，数十万信徒遭到幕府的迫害和杀戮，幕府甚至发明了一种叫作"踏绘"的方式来辨别真假教徒，即让受检人去踩踏圣像。即使在目前的日本社会中，基督教跟佛教和神道教的影响力仍不能比。

DAY 8

懂大局识大体的人妻模范

每座城市，原来都是一座古城。

骑离大城市，对日本骑行渐渐有了新认识。这几天的路线虽不热门，但走过时会有一种历史感，让人沉浸其中，即使小小的挂川城也值得细细玩味。我每天的行程几乎是从一座古城出发，来到另一座古城。

日本是个有点传统的社会，如果你有时间，可以走过许多古城，让历史在思绪中流淌。大城市发展已经越来越雷同，东京已经不能完全代表日本城市的风格，而这些小城市的街道和房屋反而更具特色，尤其是那些木桥古屋。

可遇不可求的好老婆

挂川城十分令人惊艳。夜幕降临，我四处找寻着住宿位置，拐

挂川城边的残花

弯看到一条小河,在我经验里,有河流的地方两岸就会有花,于是沿河而上,在锦簇花丛中发现了这座天守阁。本来并没有什么期待,这只是一个小地方,不像名古屋、大阪那样名声在外,但夜里的挂川城如此安静,灰瓦白墙,令我瞩目许久。我走到城下,刚进门的时候,一对情侣正牵着手小声地走出来,之后这座城便空无一人了。

挂川城的天守阁由山内一丰所建,有关山内一丰,比较有名的是他老婆山内千代。有两个小故事:第一个是一丰想买一匹马,在招待天皇的仪式上用,这代表着面子和荣誉,但是自己的钱不够,只有10两,还差10两,只能垂头丧气回到家,告诉了千代这件事,

夜色中的挂川城

千代就从自己的嫁妆中拿出 10 两给一丰，于是一丰得到了信长的嘉奖，一丰的工资也涨到了 3000 石，而之前一丰的收入一年只有 200 石。

可以看出千代是个特别识大体的女子，后来在日本关原之战爆发之前，千代给一丰送去重要情报，并且藏在了斗笠的颚纽（用来固定斗笠的绳子，绑在下巴的位置）中，被称作"笠之绪之文"，由此得到了德川家康的青睐，一丰也受封土佐藩（现在的高知县）藩主，可见男人娶个好老婆是多么的重要！

天守阁，几乎是日本每座城市都有的一座独特建筑，因为没有去过所有地方，所以不敢说全部都有。天守阁起什么作用呢？翻译成英文再翻译成中文就是城堡，里面住的都是大人物，城堡所在地都是城市中心，负有保卫当地城主的重要使命。

天守的意思是梵天帝释，是"高高在上的天神守护者"，同时也往往是一个家族败落之后的归宿。当在最后的战争中无法抵抗下去时，他们会杀了家族所有女眷和儿童，然后在城堡内切腹自杀，同时一把火把天守阁烧掉。

看多了特别容易麻木，各个地方的天守阁形状和色彩大体一样，如果是跟团游，或者没有什么审美追求，看一座就够了。有人专访百城，还要盖章，我还不算太痴迷。我反而更喜欢天守阁的屋檐，有种纵横捭阖的气势。

挂川城天守阁附近的风景非常令人惊艳，因为天气寒冷的缘故，樱花开得很晚，几乎一路都是光秃秃的树枝，只有在这里才第一次看到满开的樱花，之前千算万算的花期，什么都没看到，真是择日不如撞日。这种樱花类型应该属于早樱，这里地理位置偏北，空气比较冷，早樱还可以看到。我想，再往南会看到越来越多的漫天樱花。这里距离火车站只有 10 分钟的路程，一路赏花途中还能见到人们陆续从火车站走来。

天守阁附近一般就是市中心，有一些公园和大片休憩的草坪，值得一提的是会遇到一些小动物，煞是可爱，园子里老人在聊着天。话说如果你拍松鼠拍得不够好，是因为你离得不够近，我在一个小湖边，蹲着拍松鼠拍了一个小时，一直想拍到松鼠跳跃的瞬间，才最终得到一张图片，松鼠跑得实在是太快，并且一点儿都不怕人，实在是难以捕捉。

挂川的早樱

一跃而起的小松鼠

樱花未开却依然浪漫

远处枝头的樱花已经露出花苞，推测花期还要一周左右的时间。但我还不是最倒霉的，公园里还有一些拍婚纱照的情侣，应该是提前很久预订了花期写真，结果樱花一朵都没开，只能靠脑补了，新娘子显然不是很高兴，脸色紧绷着。

我在日本也见到很多拍婚纱照的场景，有意思的是他们的服饰并不相同，有的是平安时代风格，有的是镰仓时代风格，有的是飞鸟时代风格，令人眼花缭乱。有时间好好研究一下不同时期的服饰特点，也是一件十分有趣的事情，当然主要还是新娘得漂亮。

婚纱在变化，婚姻也在发展，体现了一个社会的不断进步。婚姻一开始是计划经济严格审批制，父母之命媒妁之言甚至指腹为婚，你得识大体懂大局，既得忠又得孝，个人没有任何话语权，两家结婚只是家族之间的资源重组。

后来社会向前发展，变成核准制。恋爱可以自由结合，相当于提名权在自己手里，但是否同意还要看家长脸色。家长大人会审核比如家庭背景、房产、工作这些基本要素，甚至身高、面相、生辰八字，还要试探和不断面试，基本条件都满足两人才能在一起。

再往后婚姻就是备案制。填个表告诉父母大人你要跟某个人结婚，前提是不违反家长大人颁布的法规，就跟出入境填个表似的。那些要求无非是：有没有携带例如枪支弹药这样的违禁品、身体是否有传染病等，仅是形式审查，不过家长大人还是有一票否决权。

最后就是注册制了。无论你喜欢谁、什么性格的人、白人黑人、

拍婚纱照的情侣

男人女人，或者打不打算结婚，都是你自己的事情，你人格上是独立的，只要告知一下父母就可以。社会再往后发展，想一想，太复杂，难以描述。我觉得当下婚姻制度迫在眉睫要改革的地方是，结婚证应该跟单位签合同一样，变成三年五年一签，当然到期无异议可以续签。

    我的爱情观很正，像美貌这些都是金钱可以买到的，而感情是世界上最宝贵甚至是无价的，所以我选择后者，用心去经营，因为实在没钱去买。另外在所有类型的男女关系中，只有一条真理是不变的——世界上只有对的女人和错的男人，那些认为女人会错的男人，由于一直单身，已经被自然界淘汰了。

    这天终于走出城市群，终于不再是一个接一个路口一个又一个

水中鸟居

红灯,开始慢慢进入骑游节奏。一天中最惊喜的事情是偶然遇到水中大鸟居,一直遗憾自己在箱根芦之湖的时候,没有时间去看传说中的水中鸟居。

那种多日阴天忽然放晴的感觉,令人心情舒畅。小河多了起来,蜿蜒流向的远处是大片云朵,云朵后面是蔚蓝无底的天空,河水清澈见底,两岸开满油菜花。这样的景色令我都不晓得如何去比喻,如果是一幅油画的话,整体色调偏蓝;如果是一首曲子的话,一定要有悠扬的小提琴伴奏;如果是一个女子的话,大概芳龄十八。

前面不远处有一个小镇。正当我沉浸在美好的幻想中时,一条狗出现在我面前,沉稳熟练姿势优美地开始拉屎。许久,一位老爷爷缓慢地走过来,把狗屎捡起来。之后我让他帮我拍了张照片,然后他们就缓慢

油菜花开了

地消失了,小镇又回归到了空无一人的状态,仿佛刚才什么都没有发生过。哈喽!有人吗?

我不禁感叹,这就是日本老龄化社会的真实写照啊!之前只听过日本老龄化特别严重,才出挂川城没几公里,就已经看不到什么人,所能见到的也仅是些慢悠悠走路的老人。

从社会层面来看这是个问题,但从个体来看问题不大。现在的日本老人,大多都经历过经济高速发展时期,目前社会福利也比较完善;日本老人工作劲头特别足,在65岁到69岁人群中,有53%的男性、33.3%的女性在工作;日本社会习俗养老不靠子女,老人也不用给子女带孩子,喜欢退休后钻研自己的爱好。

日本除了老龄化以外,另一个现象是年轻人都不生孩子了。日本官方数据显示,2017年日本婴儿出生率自1899年以来再创新低,出生婴儿数量下降至94.1万。

与此相对比的是,"二战"以后美国婴儿潮,人们充满了希望,和平时代人人也都想着去拯救世界,由此带来消费主义的兴起。随着经济失去的十年,日本的消费主义也破产了,年轻人宅在家看看漫画就已经满足拯救世界的幻想。日本的年轻人对生活太失望了。

为什么欧美玩户外探险的年

轻人比亚洲人多？因为社会文化和发展阶段原因，西方年轻人生活相对轻松。根据日本家庭计划协会数据，47.2%的已婚男女说自己处于"无性"婚姻中，而针对5000名18至34岁未婚男女的调查则显示，有42%的男性和44%的女性说自己仍保有处子之身。日本年轻人是对整个人类都感到失望了。

在上海，我在一家咖啡店等人时，曾经遇到过一个哥们问路，他通过知识改变了自己的命运，是北京一个精神科医师，在北大读到博士，然后踏实在医院工作。跟我说感觉生活太没劲，不是他想要的生活，于是说走就走，准备全国旅游，上海是他第一站。

我跟他讲了一些我旅游骑行的经历，他坚定地说也要这样，要流浪！我跟他聊完自己目前的工作状态后，又给他算了一笔账，分析了影响房价的因素和未来走势。最后他坚定地说，我还是先回北京凑个首付吧。他不打算去浪漫的土耳其了，东京和巴黎也先放一放。我感觉我把他的病给治好了。

我刚到上海时就立志在上海买套房子，经过我这几年不断努力，终于放弃了。不过就像很多时候，等你放弃不再执着时，好事儿就突然来了，真的是时来运转。然而，这种情况从未在我身上发生过。

极简主义风格的拉面

这碗面很清淡，放上些许葱花、几片肉、半个蛋，就成了。

还好没下雨，傍晚随便走进一家面馆，口感不输兰州拉面，这种感觉在骑行了一天之后简直不能再舒服了。这是家门口挂着中华料理

一碗拉面

牌子的拉面连锁店，其实在日本几乎每城市每个乡村，都可以见到一家中华料理的店。日本的拉面也来自中国，日本最早关于中国面条的记载是明朝遗臣朱舜水流亡到日本后，用面条来款待日本江户时代的大名——水户藩藩主德川光国。

日本拉面可以说毫无违和感，味道正宗。拉面真正在日本流行，还是由100多年前横滨中华街开始的，这100多年的拉面历史都可以写一本厚厚的书了。1910年，日本第一间由日本人正式经营的拉面馆在东京浅草开张，那年是日本明治四十三年，被称为"拉面元年"。这间拉面馆名字就叫"来来轩"，这是日式中华料理的开始。之后日本人结合当地饮食文化，发明了酱油拉面、盐味拉面和味噌拉面，直至现在的方便面。

很多国内游客刚到日本吃饭，会觉得没有味道：这吃的什么玩意儿？这么清淡？我十分理解，在国内习惯了撸串，到日本怎么吃都觉得不够味儿。

中日饮食文化有一些不同的地方，日本以清淡为主，注重食物本身，比如生吃的寿司，佐料是一种辅助品，需要恰如其分地去掉食物的腌臜，留下来自大自然的味道。记得日剧《李狗嗨》里演过，一碗饭仅配上一勺德松酱油，那就是人间至上的美味了。

中国的饮食文化特别重视配料，食物本身有时都被掩盖，甚至只变成一个载体，葱姜蒜酱油醋味精香油料酒花椒茴香孜然，最重要的是辣椒辣椒辣椒！我炖肉基本就是这个样子，当然炖出来也很好吃，还有十三香、十八味，当然最终都败给老干妈。

这是日本人所追求的极简主义风格，能没有就没有，越简单越美好。日本的寺庙里，一堆沙砾摆成沙海，乔布斯能瞪着看一下午，悟出苹果的美感和人生的意义。无印良品的艺术总监原研哉，最喜欢的元素是"白"，强调无设计的设计，才有那著名的"性冷淡风"。日本的国旗大家都会画，整个白布，画个圆就好了，还有比白布更简单的背景吗？还有比圆更简单的图形吗？

其实若体会不了这种简约，就变得索然无味；如果能够领悟一二，就变成了禅。对了，在日本想吃拉面，可以直接用中文说拉面，因为日语中的"ラーメン"和中文"拉面"的音一样。

向着落日余晖的遐想

往西的方向很好，会迎着太阳落下的方向一路骑行过去，特别是过桥时，会觉得落日就在桥那头。但怎么可能？桥的那头什么都没有。随着夜幕的降临，湿冷的海风让我有些猝不及防，日落的余韵却越来越美。我算着还有一小时路程，也实在不愿再骑下去，便只静静等着日落之后再出发。平时不会注意到的景色，在这个时候，都变得无比迷人。毕竟世界的样子，在于我们看待它的角度。

海水不断拍打着岸礁，再普通不过的场景。通过诗人的眼睛来看，

等待日落

看到浪花美丽、韶华易逝、斗转星移、沧海桑田;通过地质学家的眼睛来看,看到数百年前火山爆发影响地质变换而形成火山岩;通过小孩子的眼睛来看,可能只顾着数岸边的贝壳了,其他的诸事多是无聊。"自耶稣基督以来世界的变化,都没有最近三十年的变化快。"这是法国诗人查尔斯在 1909 年说的话。

  人类对世界的认识在不断改变,即使我们现在认识的地球,一开始也不是圆的。两千年前的中国人认为地球是天圆地方,古代印度人

反视镜中的骑行

认为大地被四头大象驮着，站在一只巨大的海龟身上。麦哲伦全球航海，往西出发，有一天真的从东面回来了，证明地球是圆的。现在我们知道地球是两极稍扁的不规则球体，人们伴随着科学的发展在不断调整着自己的认知。

同样是皇帝,差距咋这么大

"丰桥、关屋、今桥",这三个名字哪个最美?

日本明治时期,当时吉田城要改名,最终选出了"丰桥"这个美丽的名字。吉田城是东海道五十三次上的一站,我在吉田城附近逛了逛,这座小城隐藏在松林之后。曾经的吉田城城主池田辉政,活跃在江户时代前期,跟随过织田信长、丰臣秀吉、德川家康几任主子,算是三朝老臣,难得的是每一次队伍都站对了。

今天的骑行没有什么上坡,也没有大的下坡,就在古镇小道与田间小溪穿梭,经常迷路,走走停停,停停走走。车型较小的车辆从身边飞驰而过,不过当遇到小巷里开出的车时,车主会在我二三十米远的地方停下来,有时还会倒回去一些,为行人让路。

早年在西藏骑行的时候,一个上坡能爬 6 小时,坚持咬牙到达垭口,血液沸腾达到极点,意志也处于崩溃边缘,然后一个下坡一小时

松林后的吉田城

放到底,最高时速达 60 千米 / 小时,那感觉就像飞了起来,耳边只有呼呼的风声,汗已被风吹干,时间久了只剩下盐粒。

  路上能看到有些花开了,没有开的也含苞待放。可能是连续两日放晴的缘故,让人心情还不错。不过我的行程要加紧了,小车子快散架,坚持不了几天了。

DAY 9
同样是皇帝,差距咋这么大

吉田城的战争纪念碑

之前遇到过纪念和平的公园,这次遇到记录战争的碑文。吉田城附近有一座石碑,记载步兵第二百二十九联队,在日本昭和十四年八月七日,即公元1939年,那年的10月13人从丰桥出发,昭和十五年(1940年)五月至六月在中国广东参与良口会战,昭和十六年在中国广东江门新会地区作战,之后在广东、香港等地持续作战;碑文上还记录了当时一些队长的名字和作战失利的情况。

纪念碑上记录的良口会战,按照时间来看,是国民党军陆军63军英勇战斗击退倭寇侵略的粤北会战,军长为张玉麟。此次战役十分艰苦,意义重大,粉碎了倭寇北上侵略计划。目前我国国内良口石榴花山上的"陆军63军抗日阵亡将士公墓",是纪念第二次粤北会战(1940年5—6月)石榴花山战役留存的史迹,沉睡着阵亡的两千多具忠骸。

日本战败后,天皇发布"人间宣言",顾名思义,"天皇也是人,不是神",其中一段表述翻译过来是"说朕是神,日本民族有比其他民族更优越的素质,拥有能扩张统治世界的命运,这种架空事实的观念,是无根据

日本当地纪念碑

的"。这等于"罪己诏",也否定了日本在"二战"中的正义性。

战后,日本军国主义者的所有行动都宣称效忠天皇,而和平主义者则认为天皇被这些激进主义者迷惑。如果不是美国的麦克阿瑟将军,如果当时裕仁天皇被审判,不晓得"二战"后日本又会怎么样? 除了日本天皇,不要忘了还有另一个"皇帝",就是伪满洲国的溥仪。

话说 1912 年溥仪退位,民国政府保留对皇室优待,但也挺惨,祖坟都被军阀挖了也没人管,之后溥仪蠢蠢欲动搞了多次小复辟,直到在日本人支持下成立伪满洲国,这便是 1934 年"满洲帝国"成立,年号"大同",改元"康德"。

日本投降后溥仪不得不退位,被苏联拘留 5 年,这时思想已被改造得差不多,在苏联吵着闹着要入党,之后被送到中国抚顺劳改 10 年,一直在积极表现,争取宽大处理。1959 年,溥仪在北京植物园当园丁并卖票。1964 年"溥仪皇帝"任全国政协委员。溥仪 1967 年在北京辞世,结束了自己"革命"的后半生,被葬于北京八宝山公墓。

之所以说这段,是因为看过《末代皇帝》这部电影,印象深刻。溥仪为一个时代做了一个注脚,那就是要顺应历史潮流改革,搞成了还是皇帝,搞不成就只能去植物园当售票员了。人生就是这样,越长大越没得选。

兵家必争之地——三河国

江户时期,这片土地叫作三河国,是德川家康根据地。德川家康的父亲是当时领有三河国土地的家臣,当时领主今川义元败于织

战略要地三河国城外

田信长偷袭,之后德川家康家族崛起。附近类似关于战争的小纪念景点还有很多,如若没有文字记录,可能就忽略过去了,因为真的就像寻常景色而已。不过此地是沿东海道上洛必经之处,也是战国时期兵家必争之地,这里的风、这里的桥、这里的水,都承载着很多故事。

一路穿越街道小镇,路虽然很窄,但有很多运动休闲的人们,除了跑步、爬山外,还遇到在街道里练足球的,就像《足球小子》里演的那样,五六岁小朋友会颠球,还有骑单车飞来飞去的、在河边钓鱼的、在路边练习棒球姿势的……生活气息浓厚。

棒球是日本群众喜闻乐见的一项运动,我坐在场边看了半个多小时,两队人马各有亲友团在加油,还有小姑娘在不停画着什么,凑近

棒球赛

一看是在做战术。小姑娘对我一笑,我也不好意思再继续看了,就夸赞她画得很好,其实我也看不懂在画什么战术。

美术馆在日本各地再普遍不过。平川敏夫是位画家,初期以树木为题材,发表过相关系列画作,常以幻想的形式描绘夜晚的庭园以及水边的景色,到中国旅行后开始创作水墨画,以墨的浓淡作为主体来渲染画境。说实话,看到这样的宣传文案,我对这个美术馆里的山水画充满好奇:日本人画的山水画,会有怎样的气韵和意境?

走进美术馆,就会看到一个一个小展馆,每个小展馆门口都有一个签到处,可以自愿捐助一些费用。好几位老太太在门口,热情地邀请我进去看看,但是展馆太多,有十几个。我逛了好几个,都是展出手工品的,充满了童真,我在日本看到什么卡哇伊的东西,都不会觉

平川敏夫纪念馆

得奇怪了。只是我逛了找了好久都没有找到山水画展厅。

  不过在美术馆里我反思了一下,发现自己对美的领会能力太匮乏。欣赏美术作品,是我们在与自己反复对话,如果能穿越层层障碍和困难,调动一切有意识或者无意识的情感,抵达自己内心,大多数都是很愉悦的。我发现自己会刻意回避某些感受,这可能是种不自觉的自我保护行为。

  这导致我不能很好地理解一幅画要表达的情感,或者感受一首曲子所带来的共鸣、体验一本散文要呈现的意境,大部分情况下,只能知道什么好吃、什么好喝、哪个电影女主角挺漂亮、天有没有很冷、床睡起来是否舒服……

  在名古屋骑行的途中,能见到很多卖二手车的商场,也能见到一

手工纺织艺术品

二手车商店

个很熟悉的词——Toyota，即中文的"丰田"，其实 Toyota 就是日本名古屋爱知县的一座城市名——丰田市。

丰田汽车创立者是丰田喜一郎，其父亲在 1867 年发明"丰田式木制人力织机"，当时得到 100 万日元专利费，这笔费用成为丰田喜一郎的汽车研究启动费用，现在掌门人是丰田章男。人们常说富不过三代，日本企业是不是也有富不过三代的现象？

刀光剑影下的名古屋

名古屋是个让很多人没什么印象的地方，第一感觉不如东京和大阪那么有名，也不如京都有文化底蕴。但如果说到风云际会之地，应该就属名古屋了，鉴于战略地位的重要性，历史上很多事情都在这里发生过。织田信长、丰臣秀吉、德川家康都出生在名古屋，德川家康建立幕府后，在家乡建立了名古屋城。如果有一幅战国画卷，那么名古屋应该是浓墨重彩的那一笔。

寻找住宿位置时，我经过两个地标性的建筑物。一个是Oasis21（绿洲21）、一个是名古屋电视塔。从气势上来看感觉到大城市了，果然不一样！绿洲21是一座被当地人称为"水之宇宙船"，是地标性建筑物，体现环保的理念，晚上灯光很漂亮；名古屋电视塔夜景也很美，塔高180米，据说上去可以俯瞰整个名古屋。我急着找我城堡边的住宿地点，因为晚上10点钟就熄灯了，便匆匆而过。

这是我在如水的夜色中，看到名古屋城的第一眼！夜里，一层层复合式的房瓦呈展翅欲飞的姿态，深绿色的光芒直冲天际。作为一个没有什么审美情趣的人来说，我还是觉得越大越宏伟壮观的东西越好看。名古屋被视为日本三大名城之一，其他两座分别是大阪城、熊本城。

这里的天守阁是德川家族三代居住的地方，原来的天守阁毁于"二战"，目前看到的是1959年重建的。如果对建筑物没什么兴趣，天守阁看几座就够了，但如果愿意深入了解，会发现它是一座很大的文化宝藏。

走到名古屋，也就到了"东海道"之行的中途，对日本印象最深刻的是很精致，整洁干净。快到名古屋时，我看到有一个骑单车的小伙子，为躲避车辆，在一家7-11门口摔倒，摔倒时车轮蹭到了7-11的墙面，墙面被蹭得有点脏，那哥们儿头盔都摔飞了，看起来有点儿严重，结果他起来的第一件事就是开始擦墙，并且充满歉意。

日本一定是一个处女座国家，仿佛人人有洁癖。垃圾要分类是日

名古屋地标建筑

夜色中的天守阁

本人生活第一准则,大致有可燃烧垃圾、不可燃烧垃圾、塑料容器和包装、瓶和罐、塑料瓶、废纸类、有害垃圾和大型垃圾等,这只是普通分类。有地方政府出版27页垃圾分类手册,给人们以详细的指导。垃圾分类从20世纪70年代开始推广,并且每个人在上幼儿园的时候就被反复强调要分类。

日本社区非常整洁,路边连垃圾桶都没有,自己制造的垃圾须带回家分类处理;往往在自动贩卖机旁边,才会有收饮料瓶罐的垃圾桶。日常生活中,不同的垃圾袋对应不同垃圾,每座城市的垃圾分类原则都不一样,每类垃圾回收的时间也不一样。

这么费劲的分类,很大程度上是为了回收利用。比如扔牛奶纸盒时需要用水洗干净,晒干再扔,空瓶上的瓶盖要拧下来,标签要撕下来。有没有觉得很崩溃?我感觉这更多是一种生活态度。日本媒体也会报道一些垃圾回收分类做得比较好的居民,甚至会举办垃圾回收大赛,将垃圾回收这件事做到极致。

更让我感到意外的是,晚上入住的时候,酒店的门把手上居然还有静电消除这样的装置,我一直以为这类技术在工业上才会用到。作为一个晚期静电携带患者,这些小细节真的令我印象深刻。

静电消除器

DAY 10

一生必吃一次的飞弹牛

名古屋城坐落在楼群后面,在清晨朦胧的日光中,让人分不清是古是今。

护城河边的樱花蠢蠢欲动,我已经能看到些许花骨朵。花开时节,可以在路边的告知板上获悉关于樱花盛开的信息,例如,时间、地点、何时满开等,信息特别细致准确。花讯信息虽然是好的,但一旦有指引,就会引进大量人流,却又使得赏花之美好体验大大降低。有时一株樱花也可以开满心间,偶然所得更令人惊喜,"陌上花开,缓缓归矣"。

小城镇会有三五处赏花所在,大城市说三五十处一点儿也不夸张,有些地方还会有文艺表演,演唱会、和太鼓、笛子等,好不热闹。公园里四处可见人们在草地上席地而坐,所以在一些樱花初开的地方,能遇到很多赏樱的人,他们或闲谈或画画,不亦乐乎。

名古屋日出

名古屋天守阁之本丸

一进门就遇到俩忍者在推广忍者文化，姿势摆得特别酷，感觉他们很辛苦，每个游客要求合影，都得摆出不同的姿势，还不收小费，这个地方对文化推广做得很到位。忽然想起"忍者"也是日本战国时期一个重要的文化符号，比如，忍者神龟、火影忍者，现在已经没有忍者了。

忍者其实就是高级刺客，因为负责刺杀、收集情报等活动，比较神秘而备受推崇，以至于后来外国人也越来越多地研习忍者文化。忍术来自中国汉代五行术，由中国、朝鲜移民带到日本，这也算中

活捉两名忍者

国武术文化在国外的一个小成果。这帮忍者到美国街上讨生活的话,很多街头艺人就要下岗了。

往里面走走就到大殿了,此处恢复了400年前本丸御殿的样子,游客纷纷驻足,殿内展示的日本江户时期的建筑,造型精美,令人感叹。本丸御殿是个迎宾馆,作用是接待江户时期来访的将军,在"二战"中同天守阁一起被炸毁,2009年开始修复,目前还在进行中。

修复工程共分为三期,除了玄关(入口)和表书院(大厅),其他正在修建的工程也毫无保留地对外开放,游客可以见到目前正在修缮的场地和施工工人,进去前每人会发一顶安全帽。很多地方都可以参观施工工地,也是日本旅游景点一个很有意思的特色。

进去逛了一圈,殿内价值最大的是墙上的画,这种画风在日本被

本丸御殿

瑰丽的壁画

天守阁的青色屋檐

称为"狩野派"风格,其代表人物是狩野正信,这类融合中国画风的水墨画,曾称霸日本画坛 300 余年。虽说是修缮,但部分隔扇画是当时真迹,在轰炸之前被取下来保存,其色彩依然栩栩如生。每个房间装饰的题材也不同,绚烂华丽,令人目不暇接。

不过,即使是这样华丽的壁画,我想那些大名也是无暇欣赏的。他们无刻不想着怎样纵横捭阖,如何远交近攻,用尽阴谋阳谋,不负列祖列宗。

名古屋天守阁是一座五层飞檐式建筑,德川家世代居住于此。我最喜欢的就是这些建筑上展翅欲飞的屋檐,棱角分明,极具韵律感,仿佛要融入苍穹宇宙中。虽然不是那种琉璃瓦式的金碧辉煌,但也有其内在的威严和别具一格的壮丽。天守阁周围有 2000 多株樱花,盛开之时必定绚烂至极，花落之时必定凄美无比。

城堡中最著名的陈设是一个金光闪闪的金鯱，曾挂于城堡大梁上，一开始用来防火，后来成为当地代表性的吉祥物，矗立在屋顶脊梁的两端，象征着勇猛和强悍。近看，虎头鱼身、尾鳍朝天、背上有多重尖刺，是日本一种传说生物，和中国传说中的螭吻十分相似，龙生九子，螭吻正是第九子。佛经中螭吻是雨神座下的神兽，能够灭火，所以在中国就常被用来消灾避火，这都是有讲究的。

名古屋还有一些其他打卡景点。大须观音寺是有名的"藏经阁"，收藏了15000本古书，寺外鸽子沾上了佛性，一点都不怕人。当一两只鸽子落到姑娘身上时，姑娘还觉得挺好玩，落得多了姑娘就开始害怕了。我一直在等鸽子落到姑娘头上，那时候抓

金鯱

拍效果会很好。我说，你再坚持一下，坚持一下。结果一直没有等到，我就放过了她。

附近的大须商业街也颇为知名，逛到这里我才知道，招财猫原来出自日本。在日本一些传说中，猫是最懂得"报恩"的小动物，并且猫也分公母，公猫举右手，象征着财运，母猫举左手，象征着善缘。招财猫据传最早也是来自唐朝，唐代段成式著《西

鸽子与人

招财猫

阳杂俎》曾写道："猫洗面过耳则客至。"这应该是全球知名度仅次于 Hello Kitty 的猫了。

此处有一类游客都会去的商店,那就是药妆店,一般都有免税优惠。日本药妆店既卖药品又卖化妆品,受欢迎原因无非是里面货品又便宜又好。这类药妆店多配有中文店员,中国游客们进到一家药妆店就要掏空一家,所以有些药妆店不得不挂个盒子,上面写着:限购一件。一些廉价航空也规定每人随身只能带两个包。我很少去,主要是不喜欢逛商场,每当跨入商场大门,我感觉自己瞬间就剩 1% 电量了。

三年前有位女同学经常请我吃饭,我老迟到。她在一家 BAT 公司写程序,忽然有天拉我入伙做日本代购,说我四处旅游能给她带来流量。商业模式很简单,就是从这类药妆店进货然后在国内卖,利润在 10% 以上,基本是无风险套利。当时我看不上,感觉没有跨境电子商务牌照也做不大。这位女同学不仅继续专业做代购,前不久还在日本几处买了房子,开始进军民宿。现在我约人家吃饭已约了半年,不知还有没有机会再见到。

云山相连的飞弹高山

到达高山站,层层的云彩向远处的群山散去。我终于搞清楚飞弹高山、飞弹市、奥飞弹等地的含义。飞弹高山,或者直接叫作高山,是一座历史悠久的古镇,被称为"小京都",呈棋盘式布局,三町筋街、高山阵屋、国分寺都在这座古城;飞弹市,是岐阜县的一个城市名,电影《你的名字》就是在这里取景,漫画里的很多场

高山站的晚霞

景都是此处原景再现；奥飞弹，指飞弹地区山脉深处，比较有名的是奥飞弹温泉。

　　之前在做攻略时，我问过一些日本朋友，这些地方值不值得去一趟，其中一位惊讶地说，你为什么要去那些地方？意思是那些偏僻的山区什么都没有。这反而让我有点感兴趣。到了之后发现，真的是什么都没有，路上一个人都没遇见！太僻静了这地方。

　　这地方在历史上以孕育出大量的工匠而驰名，例如，木工、瓦匠等，皇室宫殿建筑和京都奈良的许多寺院都是由飞弹工匠所建。印象深刻的是，此处地势较高，都是山区，海拔 1000 米以上，一眼望不到边，4月的天沿途都还在积雪。幸亏我没有骑单车上来，否则应该已经冻死在半途中。

强烈推荐一家烤肉店——丸明，你会吃到难忘的牛肉，虽然排队很长，再长也要等，不要错过，我从来没有吃过这么入口即化的牛肉，可能会有些肥腻。如果跟知名度很高的神户牛相比，飞弹牛应该是小众美食。中国目前不能进口日本牛肉，在国内见到的和牛之类的都是从澳大利亚进口的，即使说是日本牛肉那也一定是假的。

我有一个不成熟的小观点，美食小吃这类东西，有极强的地方属性，离开那地方、换了那批人，就再也不是那个味了。我在上海吃过很多台湾小吃，但没有一个有台湾的味道，至今我还没有喝到过比台湾街头好喝的奶茶。不知是供应商的原材料不同，还是为了迎合当地

一顿烤牛肉

飞弹牛饲养员

口味而做了改良，又或者是吃的时候心情不一样了。

当然这家价钱也不便宜，飞弹牛 A5 级 4 种，包括西冷、牛瘦肉、牛排、飞弹牛肩肉，每种 100 克，一共要 9800 日元，还得点些其他的，吃的时候不觉得贵，吃完埋单时才感觉心在流泪。飞弹牛产自山清水秀的岐阜县，是严格经过 14 个月以上培育的黑毛和牛。

为什么这么嫩呢？和牛肉是一种肥瘦相间的牛肉，因为油脂分布很像霜，所以有个很好听的名字，叫作"霜降牛肉"，到现在我看到牛肉的照片，还会情不自禁流口水。日本和牛品牌有很多，名气比较大的是神户牛肉，其他的还有松阪牛、近江牛、米泽牛等，都在指定地方养殖，同时会严格控制养殖规模。为什么日本牛肉这么贵？可能是因为日本没有大草原，养牛的地方太少了吧。

我邻座右边有个小姐姐,是从香港打飞的到这里来吃牛肉的,一个人吃的比我都多;我邻座左边是来自瑞士的一对老夫妻,只点了一些沙拉、一瓶红酒,就吃了一个多小时。其间指着烤锅问我,这是要放进去烤吗?我说不是的,放进去烤的肉是要重新点的,沙拉里的肉不能放进去烤的!感觉这两口子真会过日子。

明治维新成功的原因

走过小半个日本,我一直想不明白,明治维新为什么能成功?中国清末一系列自强运动都失败了,这跟民族性格是否有关系?感觉历史书上的轻描淡写是无法解释的。

外国人打开中国大门的时候,中国人的应对方式充满魔幻主义色彩。朝廷养那么多文人,打仗前捷报就已经写好了,往往打完就是胜仗。面对英国人的奇技淫巧,官老爷的名兵利器一时无法发挥威力,怎么办?我们抓一群猴子吧!

1839年,清军在试图夺回英国人占领的宁波时,聪明的官老爷买了19只猴子,试图在猴子身上拴上鞭炮,然后把猴子扔到英国船只的甲板上,猴子带着鞭炮爆炸的火焰四处逃窜,点着船上的炸药库,然后英国人在惊呼天朝不可战胜中葬身于火海。实际结果是,没有人敢去把猴子扔到对方甲板上,最终这些猴子被饿死了。

闭关锁国的日本一开始面对西方时,也没比中国强到哪里去。当时美国佩里舰队抵达日本时,日本统治者找了一群大力士去吓唬美国人,史称"黑船事件"。此事件使日本人认识到与西方的巨大差距,成为明治维新的开端。

明治维新前夕,日本发生过排外的"尊王攘夷"运动,跟中国的义和团运动目标很像,结果也都失败了,但继而成功发动了倒幕运动,即"清君侧",宣布"王政复古",推动日本明治维新发展,明治天皇时年才16岁。

当时幕府统治已经不得人心,例如,幕府大佬井伊直弼未经天皇同意就签订《日美修好通商条约》,惹毛其他藩主,之后长州藩和萨摩藩奉天皇"衣带诏",成为倒幕派先锋,发起了暴动。"樱田门"事变中,幕府大佬井伊直弼被刺杀在雪地里。之后倒幕运动风生水起,日本社会中各阶层群起响应,特别是武士阶层,影响很大。

以上各种斗争,争论的并不是维新不维新,而是谁来维新,是"幕府维新"还是"明治维新"。长州藩推翻幕府积极性最高,历史上被德川家摆过一道,说好关原之战袖手旁观可领功赏,结果被削藩,这仇长州藩记了200多年。倒幕派说幕府卖国,签订不平等条约,到后来改革力度比幕府还大。

中国历史上的既得利益者常常不需要改变,对内维持统治就能过上不错的日子,为什么要承担不确定性的改变风险?"宁赠友邦,不予家奴。"这成为一种博弈状态下的理性选择,直到最终崩盘。

甲午战争前,日本明治天皇每年从自己的腰包里掏出30万元用于海军建设,四碟八碗也都撤了,改成一天只吃一顿饭。当时去日本的中国人,带回日本天皇靠"牙缝里抠肉"发展海军的见闻,在帝都一时传为笑谈。

而当时的慈禧太后,宁可海军无炮弹也要修园子,挪用巨额经费已不可数，上行下效之风尤为严重，爱拍马屁的醇亲王奕譞主管海军衙门，海军衙门成了慈禧修园子的提款机，当时满朝文武也有反对的，但满朝文武终是家奴而已。

在这样的环境里，优秀人才很难被选拔出来。比如甲午海战，日本海军联合舰队司令伊东祐亨出身专业海军，而北洋军队总司令丁汝昌则出身于陆军，主要是因为他是北洋大臣李鸿章的亲信。甲午海战后期，伊东祐亨曾给丁汝昌写了一封劝降书，19天后丁汝昌自杀，无法想象，当时丁汝昌是多么绝望。

这篇劝降书，并没有富贵荣华高官厚禄之类的承诺，而是从制度上分析清朝必败的原因。不过这封劝降书，加上丁汝昌的自杀和北洋军阀的覆没都没有叫醒沉睡的清王朝。

还有一种看法，中国的科举制没有在日本落地生根，这使日本在接受西方制度时思想包袱比较轻，改革比较彻底。我认为，最主要的是日本战国以来延续的社会各不同阶层利益主体的多元化博弈，推动了历史的不断发展。

DAY 11

什么才是武士道精神

这天几乎逛尽被称为"小京都"的飞弹高山各个角落,完全停不下来。

TAKAYAMA 这个词我记住了,在日语里是"高山"的意思。之所以记住,是其音节比较好听——塔克亚麻。一些日本地名和人名感觉很好听,比如,奈良、静冈、清水、长野、秋田、香川、伊豆、秋叶原等。

日本第一大姓氏是佐藤,据说往东京人群里扔一块砖头,能砸到一个铃木君,并吓坏旁边两个佐藤君。日本的名字可以分男女,女子名普遍柔美,音节也好听,例如美雪、莉香、枫、樱、贞子等。

人间万事,塞翁失马

三町筋古街,就是我概念里的古镇,只不过这里都是木制建筑。

高山有三条商业街,分别是一之町、二之町、三之町,最终构成三町筋古街。老街旁边的宫川静静流淌,与热闹的早市形成对比,还有很多小孩在水边嬉戏。不知不觉就走到了弥生桥,弥生就是"新生"的意思,日本人将万物生长的"三月"也称为"弥生"。

河边古街的早市被称为"宫川早市",沿着河边有一些摊位,算是当地一个比较著名的集市,被称作日本三大早市之一。在这里可以买一些当地有特色的工艺品,比如护身符猴宝宝;还有各类小点心,比如500日元一串的烤串。我来的时候人已经不少,未歇的早市十分热闹,可以看到很多西方游客。一位摆摊的老大爷卖啥的我都没弄明白,只看到他四处撩西方妹子,用充满日式口音的英语对一个满头金发的妹子说:"我是你失散多年的亲人,在日本流落多年,能否带我回去?"

高山古镇的早晨

我蹲在河边，盯着这几条逆流而上的鱼，观察了好久。它们拼命往上游，却不断被水流冲击下来，后来终于惊喜地发现一个落脚点，藏在石头后面，这里水流稍缓，可稍作休息，然后再往上冲刺。原来鱼也会偷懒，也是有灵性的。

一个木制牌子吸引了我的目光，上面写着福来博士纪念馆。这个福来博士主要研究超心理现象，好奇的我查阅资料后，发现福来博士非常有名，曾任东京帝国大学心理学副教授，开创亚洲地区的超心理研究学说，不过由于研究的都是"千里眼""念写术"等特异功能，后来被开除了。

中国20世纪80年代也兴起过这种风潮，例如，耳朵识字、隔空取物、火盆变蛇等，还有头上顶个锅盖，吸收宇宙能量。还有什么透视、念摄、灵媒、特异功能甚至UFO之类的，这几年比较火的有本书叫什么《量子佛学》，看书名就很怕！在这方面，国内"民间科学"比日本不知道高到哪里去了。

在东山漫步道，遇到的寺庙实在是太多了，数都数不过来。我已经不再每看到一座庙，就惊呼其构造、溯源其门派了，但此处仍遇到让我为之一叹的偈语，犹如当头一棒——人间万事，塞翁失马。小学课本上的故事，竟然可以在日本的深山老林里看到。

塞翁失马

逆流而上的鱼

超自然现象纪念馆

高山城遗迹

东山漫步道很值得深度游玩,匆匆掠过未免可惜。这是一条东山寺町至城山公园约 4 公里长的散步街道,走着走着就遇到树影斑驳的老寺、飞檐古亭下的青钟,遇到树林深处的墓碑、落满青苔的灯塔和荷叶枯萎的池塘,然后一直可以走到城山公园。看过那么多令人沉醉的古迹后,登上尽头的城山之顶,却只有光秃秃的一片,有块高山城迹的牌子立在那里,其他就什么都没有了,什么都没有,只剩下风声掠过山林。

途中的小荷塘令人惊喜,出淤泥而不染的莲花,败给了岁月,敌不过季节变换。花叶四散飘零,浅浅深深隐藏在清澈池水中,凌乱了光影,慢慢也会变成淤泥吧,遗忘了时间。微风吹过荷塘,没有任何波澜,水面一片死静,我仔细找了找,一条鱼也没有,偶尔一个气泡从水底冒出,一圈一圈的水纹晃动了倒影里的古木灯罩。我该用什么样的词语来描绘?落寞?孤寂?下雨时,雨点噼里啪啦落在荷叶上,令人心绪杂乱。

第一眼看到这座红色的桥,感觉很不一般,桥四周有很多老阿姨

枯萎的荷塘

红色中桥

陈列馆里的花灯彩车

这些日式花灯彩车，平时就陈列在高山樱山八幡宫旁边，供游客欣赏。每年高山祭时，会有12辆装饰绚丽的花灯车出展，最值得一看的是三番叟、龙神台和石桥台这三辆花车上的古典机械人表演。想想4月中旬的春天，正是樱花盛开的时节，在满山樱花的衬托下，华丽的彩灯车经过中桥，跟着花灯车的人们有的敲鼓、有的跳舞，多么令人神往。

日本学来的忠孝文化

在素描，往往老阿姨多的地方，必非等闲之处。它叫作中桥，是高山祭的必经之路。岐阜的高山祭是日本三大美祭之一，高山祭一年有春秋两祭，春天叫山王祭，秋天叫八幡祭。高山祭以台屋华美著称，毕竟高山工匠都是被抽调去京都修皇宫的。到日本旅游一定要选好时间！在夜里，中桥周围会亮起灯，如梦如幻。

高山阵屋就是指当地的政府，在江户时代进行统治管理的地方，这之中有官员府邸以及包括收纳税收的仓库，总称为阵屋。高山阵屋修建于1615年，不过目前只有谷仓是那时建立的，其余都是之后仿建的。里面有御白州，是进行判决的地方，地上铺满了白色沙砾；汤吞所，即茶水

高山阵屋前留念

间；还有厨房、大厅等。

阵屋里还原了当时的样子，比较好玩的是阵屋里有许多钉隐。钉隐是为掩盖柱子上的钉子的装饰品，是很有爱心的乖乖兔模样，也表达了保佑多产、避免火灾、祝大家好运的含义。而长长的兔子耳朵，是听取民声、公正断案的象征。在阵屋内一共有152只兔子，大家不妨找找看，反正粗心的我是一个都没找到。

大厅内有两个金色大字——忠和孝，忠即上事于君，下交于友，内外一诚，终能长久；孝即敬父如天，敬母如地，汝之子孙，亦复如是。感觉这太有文化了，这两句话出自我大宋丞相文天祥。文天祥无兵无将，散尽家产，募兵抗元，最终兵败，流芳千古。

我试图从华夏民族英雄身上理解日本人崇尚的一些精神，说日本善于学习，不仅体现在技术和器物层面，更体现在精神思想层面，一批批"遣唐史"，带回宗教、哲学、法律、文学、语言等。例如，文天祥们以身殉道的精神，被日本人作为思想武器，推动明治维新前夕

阵屋内的陈列

忠孝文化

的"尊王攘夷"潮流,并且成为日本武士道精神的重要支柱。革命就需要这样的魄力!

可以看到儒家文化对日本的些许影响。对中华文明来说,统治王朝中没有祭司、国师这样的角色,一般皇帝就自己一肩挑,皇帝统治职责高于宗教职责,借"天子"名义更多是为名正言顺。中国人生活中多是人与人对话,而不是人与神对话,那么儒家就起到巨大作用,"兼济天下""家国情怀""立德、立功、立言""忠孝两全"等。

儒家正是负责阐述人与人对话、建立日常生活各种道德体系、解决为人处世的问题。笼统地说是从公元前2世纪到1912年清朝结束,儒家在中国一直占主流影响地位,为社会稳定和发展起到重要作用。动辄打倒"孔家店"都是后来的事。

元朝劝降文天祥,关了他三年,几乎动用了所有劝降招数,被俘的大领导宋恭帝也出面劝降,甚至妻女被卖到妓院,文天祥都不为所动,只求一死。在文天祥的身上闪耀着取义成仁的儒家文化光芒,这是一种求死才能实现的对理想强烈的信仰。

日本武士道精神颇有取义成仁的精神,就是把生死置之度外,在追求信仰的道路上视死如归,在这方面文天祥可谓楷模。特别是神道教中还有效忠天皇的思想,如果没有履行或者已经尽力就切腹自杀,因为已经没有什么需要留恋的了。

然而与儒家精神不同的是,日本人不讲中庸之道。中庸是一种高压集权下的较优生存哲学,但日本历史上没有经历过那么强大的中央集权,地方豪强林立;科举制没有实行太久,精神上没有被禁锢过。所以可以看到日本人谨小慎微、谦逊礼貌的一面,也会看到日本人性

DAY 11
什么才是武士道精神

格暴烈、动辄剖腹自杀的一面。

这只是一种精神境界,并不是说都会做到或者推崇这种精神。后来日本也有用扇子来代替切腹用的刀,形式上意思一下,主要怕疼;明末大儒钱谦益要跳河殉国的时候说"水太凉了",不跳了,主要还是看人。

白川乡的傍晚很安静

傍晚,我来到了白川乡,这是我真正久仰的地方,也是唯一一个提前订住宿却被告知已客满的地方。这里距离高山一小时车程,虽然到达时已天黑,为拍一下合掌村的全景,我还是爬到半山腰上。合掌村像个世外桃源一样,在这里时不觉清奇,回来后愈发感觉不可思议。如果说高山以传统文化而知名,那么合掌村就完全以自然环境而令人瞩目。

回去时夜已深,苍山负雪,明烛天南,凉风习习,溪水潺潺。走在乡间小路上,没有几处灯光,一边是静谧沉睡着的村庄,一边是英姿挺拔的松林,走近了,才看到只有几家经营温泉的木屋亮着灯。远处群山连绵不断,直到与天际模糊在河流尽头,远方的树林与白雪相间,犹如一幅泼墨山水画。

回想起来,这样的夜晚,有些凄冷和骇人。

我挤在一张青旅的上铺,小屋子里有 12 个床位,来自世界各地的人都有,期待着赶紧睡一晚再出来。夜里有人打呼噜扰得我睡不着,我就在胡思乱想,一个荒野外的村子,应该有一对绝世高手装扮成男耕女织的恩爱夫妻、有千百年延续下来的家族豪强、有上古流传下来的神话传说、有一两桩悬而未决的人命案、有一些只有本地人才能采

白川乡的傍晚

到的灵丹妙药……

王阳明是日本人偶像

如果沿着东方文化脉络去追溯,可以发现很多有意思的现象。在亚洲文化语境中,有很多共通的地方,即使有不同之处亚洲人也能明白,比如印度的种姓制度,比如日本人的家族和乡党文化。在中国也有类似的文化,只是程度有些不一样。

在日本人心里,公司比职业身份更重要,公司是一个大家庭。这会导致一种终身雇用制下的能力平等观,按照先后来论资排辈,衍生出一系列社交场合注意事项，例如，吃饭时讲座次顺序、发言顺序有先后、要夫唱妇随等，更不用说官场了。

在一个压抑的生存环境中，当人无法得到世界正面反馈，就无法很好地感知世界。潜意识对自己越不认可，越在乎别人的评价，这种因为外在评价而追求完美的动机，结果只能是不断否定自我，产生一种自我保护机制，变成自卑的怪物。时间久了精神可能会出问题，于是人们向往与世长辞的决绝或悠然见南山的洒脱，并将能达到这种境界的人奉为精神偶像。

很多日本人非常崇拜王阳明，比如，德川家康，拜奉德川家康的东照神宫，主门就叫作"阳明门"，是江户时代建筑成就的巅峰。王阳明提倡"心外无物"，他说这个世界的样子，就在于你怎么看、怎么想。其论甚高，其言甚正，但这种奇才，是无法去效仿的，只能欣赏和敬仰。

王阳明成长于一个真正的书香门第，父亲是当朝状元，王阳明童年没有受过什么大挫折，比较有安全感，内心很强大，从小就立志要做圣人，当然最后也很了不起。比如，考试落榜，别人都很悲伤，王阳明却不因落榜而悲伤，而因为落榜悲伤而悲伤。

大部分人没有这么厚的人生"安全垫"，只能谨小慎微，在不断被否定中长大，甚至可能通过放大别人的缺点和不足，来换取自己内心的满足。人过去所有的经历塑造了当下的灵魂，特别是小时候的经历对人影响很大。

一个身材苗条的女生，无法理解胖女生的烦恼；一个瘦女生再怎么安慰胖女生，胖女生都想骂人；一位在最低谷时能顶住，最终

湖面上的青松

做成了事情，跟一位屡屡失败从未享受过成功的人，对世界的态度也不一样。

话说回来，所谓正常不正常，都是跟别人相比而言的。1张红纸和99张蓝纸放在一起，红纸就是异类，跟红色是对的还是蓝色是对的都没关系，只跟立场有关。我们创造两种感情色彩词汇来描述同一件事情，比如，勇敢和莽撞、聪明和狡诈、善良和软弱等，以供不同立场来选择。

真正自信的人，来自内心深处对自己的接纳，而不靠外在色彩的变化。

DAY 12

雪后月夜，白川如童话王国

在一片山野里，有几户人家、几座茅草屋，这里就是白川乡。

在进入白川乡的路上，穿越了层层山峦的隧道，群山环绕的白川乡，有一种远离喧嚣、宁静悠然的静谧感。这天下午到达的另一个叫郡上八幡的小城，也给我带来不一样的体验。我还是喜欢这种东方式的田园生活，宛若日版的世外桃源，这里的时间仿佛都比外面慢很多，满足了人关于隐居的所有幻想。

和田家是当地大土豪

这里的人仍然日出而作，日落而息，种地的种地，捕鱼的捕鱼。不过我来的季节，还不是这里最美的时候，每年1月到2月中旬下雪的季节，白川乡会有亮灯仪式，雪落满了屋顶，那个时候应该是童话王国的样子。遥望远方高山峡谷溪流，山体肌理呈现褶皱状，蜿蜒于峰峦树石之间的溪水时隐时现，风景美不胜收。春天和秋天也有不一样的景色。

合掌村的建造没有用一颗钉子。这里有大大小小的"合掌造"建筑共 100 多栋，建于 300 年前，大约江户至昭和时期。这些建筑全部由木制成，茅草盖于顶上，屋顶呈人字形，如双手合十一般，因此得名。为了在下雪时让大雪滑落，屋顶的茅草每隔三四十年就要翻新一次，翻新之时村民都来帮忙，场面颇为壮观。

此地于 1995 年列入全国文化遗产，这片地方走完要五六个小时。如果进到几个大户人家的大屋子，例如，和田家、长濑家、神田家等，会收取门票，现在都归入人文博物馆系列，仅在村子四处走走是不需要门票的。

我只进到了和田家，进门需要换鞋，光脚的话地板有些凉，门票记得是 300 日元，不算太贵，毕竟牛肉串都要 500 日元一串。木屋内完全还原当时人居住的环境，一些生活起居用品都还在，一楼是起居室、厨房、浴室，有两层小楼，可以拾级而上；二楼作为贮藏室，阁楼是三角形的屋顶搭成的小屋，能摸到大大的木梁。从屋内往外看也别有一番风景。

和田家是当地最大土豪，家族历史源远流长，最早始于战国时期 1573 年，并在江户时代以火药的原料硝石贸易发家。这个大木屋的建造，是因为当时二子三子要分家，但村子里已经没地方盖房子，当家老大只好把房子造大，一大家子 20 多口人挤在一起。如今和田家除了展出空间之外，依然有居民在内居住，传统风貌保留得很好，可

传统民居合掌屋

窗外的世界

以说是当地最古老、最有代表性的合掌屋。

这个村子四面环山，选景角度合适的话，很容易构造出一幅日式水墨山水画，森林和溪流在这里肆意着墨，整体来看树木层层叠起，曲曲折折，自远而近，描绘出冬季山峦中空旷肃杀的意味，也透露出秀雅通透的气质。但感觉还是失了些格局，留白较少，显得有些拥挤。

我为了拍这幅照片，躲开眼前的遮蔽物，登上一个颤颤悠悠的小梯子，梯子靠在布满瓦片的屋檐上，感觉梯子随时会垮掉，这幅照片倒也反映出我当时慌乱的内心。自己摔了没啥，怕把人家屋顶给掀翻了。破坏了人家的物质文化遗产，那罪名就大了。

照片上的这句话刻在某家小店外，当时没有看懂，就觉得有些美感，后来请教了日本友人，得知字面意思是：回到了故乡，人的心会有改变，但樱花没有变化。出自著名的《百人一首》，这本书的江湖地位相当于我们的《唐诗三百首》，汇集日本七百年以来 100 首和歌，这句是其中的第 35 首。和歌是日本的一种诗歌，由古代中国的

水墨画般的山峦

回到了故乡，人的心会有改变，但樱花没有变化——纪贯之

水中草屋

乐府诗经过不断日本化发展而来。

白川乡作为日本知名旅游古镇，整个园区走下来也看不到酒吧，大家去哪里嗨呢？去哪里艳遇呢？我们一些地方古镇，一到夜里酒吧里嗨翻天，各种菲律宾驻唱的嘹亮嗓音突破天际，特别是酒吧外面挂着"把自己灌醉，给别人机会""世界这么乱，装纯给谁看""女施主，老衲第一眼看到你，就决定还俗了"诸如此类的牌子，一下子就打开尴尬局面。我可能要照这个思路来日本古镇创业开酒吧了！

有意思的是，白川乡有唯一一个小车站，不足十平方米，但这个车站就像是一个小联合国，有来自世界各地的旅游者。等车的时候我坐在椅子上睡了一会儿，时睡时醒，每次睁开眼睛都能看到不同人种、民族、肤色的人在我眼前晃啊晃，操着各个地方的口音，

小"联合国"车站

可见白川乡这个地方真是名气太大了。

美腻腻的郡上八幡城

郡上八幡位于长良川和吉田川的交汇处，在前往郡上八幡天守阁的山脚下，我又遇到了山内一丰夫妻的雕像。为什么这里会有山内一丰的铜像？那不是之前在挂川的事儿吗？原来八幡城的城主远藤盛数的女儿是山内一丰的正室——山内千代。郡上八幡城就是由远藤盛数于1559年建造的，坐落在海拔354米的八幡山。还有一部专门的大河剧《功名十字路》，来介绍这一对成功的楷模夫妇。我忽然想起中国历史上的女人们，大多红颜祸水、蛇蝎心肠的类型，貌似主要都是

山内一丰夫妻像

用来背锅的,没有几个正面角色。

天守阁中有个城镇模型,描绘江户时期的样子。城堡高高在上,里面居住着大名、武士和贵族这些特权人士,城外是底层阶级农民、手工业者,被称为城下町。"町"这个字有工商业聚集区的意思,城下町成为之后日本新经济发展的源泉。这些城下町的穷苦人,不仅平时要供奉城堡里的贵族,打仗时还得冲在最前面。城里城外构成了社会的两个阶级,城外的人早期连个姓氏都没有。

此前想来这个小镇,是感觉"郡上八幡"这个名字好霸气,但到了才发现实际上一点都不霸气,完全是小清新路线。由于这座小城位于两河交汇处,四周山峦环绕,走在小镇街道上,感觉空气极度清爽,没有任何商业气息,且干净整洁,小镇街道上一个人也没有,我的房间推开窗就是小河,睡觉前能听到潺潺流水声。

  这天入住的日式旅店老板娘热情得不得了,我晚上扛着相机去拍照片,雨很小就没有带伞,老板娘小跑着追出来给了我一把伞。我在附近一家店吃完晚饭,店老板把我送出店门并鞠躬,我就吊儿郎当地走了,走了有20米回头发现店老板还在那里鞠着躬,我就看着他什么时候回去,过了一会儿他微微抬起身发现还能看到我,立马又继续保持鞠躬姿态。虽然总有人批评日本人热情是种职业性习惯,但是我

郡上八幡城全景

DAY 12
雪后月夜,白川如童话王国

觉得已经非常好了，总比掏钱还享受差的服务要好。

整个郡上八幡天守阁一共两人，除了我还有门口卖票的老头，我下山的时候老头也走了，5点钟下班，一秒也不差。此前经过的地方，比如高山，作为旅游景点，中午有稀疏游客；白川乡在深山与世隔绝，也可看到许多人；而郡上八幡几乎看不到什么人，卖票老头走后整个山头就我一人，天有些阴沉。

这座小城天黑得比其他地方早，仿佛没有人在这个地方停留，镇上的"群演"都下班回家了。这里的旅店都不查阅护照，简直是小清新私奔胜地。日系摄影里有一种叫小清新的风格，重点在于，第一背景要小清新，不能高楼大厦的那种；第二人要小清新，不能浓妆艳抹；第三天气要小清新，不能雾霾密布，远处的景都没了。

雨中的小镇

郡上八幡仿佛就是人们专门为小清新风格布的一幕景色。

我逐渐意识到,我没去过的一些其他山峦小镇,可能都是这样恬静的风格,在春或夏时节,应都是花香满溢,绿树成荫,百鸟环绕。在日本小镇里有种脱离感,这种任何事情都井然有序发生的感觉会让你沉浸,人们在慢慢地认真地努力地生活,就像路上遇到的连绵不断的小河,偶尔水涨水落,但一直没有断过,慢慢就蓄满大海。

当然也有热闹的时候。史书记载,郡上最有名的是郡上舞,据说有400多年历史,从7月上旬到8月上旬,连续32个夜晚,人们一起跳舞、继续跳舞、不停跳舞。高潮出现在盂兰盆节庆典上,可以从晚上8点跳到凌晨4点,令人难以想象。我想我会记住这个地方。

宗祇水,被称作日本一百大名泉之一。找到之后忽然有些小失望,

窗外小溪

DAY 12
雪后月夜,白川如童话王国

宗祇水泉眼

虽然不是像趵突泉那样子,但至少也得有个大开大合的气势。后来发现自己理解有误,宗祇水的名气,主要来自其水质清亮甜美,可以直接作为生活用水,这口小泉水至今有500年历史,时间长的事物都有神灵!

日本很多旅游景点营销得很成功。在以前信息不通畅也没有维基百科时,只能靠名头自我营销,给自己贴标签。第一种是发生过大事情,比如,天皇来参观过;第二种是有些上流权贵阶层故事传承;第三种是有地缘上的稀缺性;第四种是有行政级别;第五种就是有某种特别的功能;第六种就是装神弄鬼与众不同,等等。

一般欧美国家,比如英国,喜欢搬名人站台。大作家塞缪尔·约翰逊说，你若厌倦了伦敦，就是厌倦了人生；大画家威廉·莫里斯说，科茨沃尔德是英国最美小镇；我喜欢的一位英国作家韦恩·鲁尼说，天上再美的繁星，也不及爱丁堡街灯的光晕。这名人一捧，美感就出来了，让人对所描述城市充满向往。然而名人到底说过没有，谁也不知道，比如，韦恩·鲁尼就没说过那话，他其实是一名足球运动员。

日本逗哏捧哏都是自己，喜欢用数字以及评选来进行推广，诸如近江八景、富士山三十六景、日本百城等，效果也还可以，但总觉得没有那么令人心动，不过总比没有的好，人到一个陌生地方，总要找一些有名气或者有标签的地方。

话说贴标签的营销方式最成功的是梁山好汉，比如截生辰纲的晁盖、打老虎的武松、卖人肉包子的孙二娘，做的事情都令人高看一眼；"河北三绝"卢俊义，听起来到河北地界都能罩得住；八十万禁军教头林冲，仿佛是个很高级别的官。除个人营销外，也要重视集体营销，梁山好汉108将，这排位顺序是大山中冒出的一块石头上所写的，是上天注定的，就问你怕不怕？

世界上没有两片相同的叶子，每一处景色都精彩，人本该对世界充满好奇、对生活保持敏感。可能人类认知已经退化，什么都喜欢标签化，例如是什么星座、什么地方的人、上什么网站才代表高逼格，就像简单把人分为好人和坏人一样，人总以最省力的方式去认识世界。

东方农耕文明的内涵

晚上又到了泡澡时间。伟大的古希腊哲学家阿基米德就是在泡澡的时候发现了浮力原理，所以不要阻挡我泡澡。

东西方文明不同的主要原因在于，东方是个农耕社会，如中国；西方人一开始打鱼为生，如古希腊。老祖宗的行为习惯深深影响后代，存在决定意识，这是一种集体无意识，从老祖宗的生存环境出发，就能理解为何不同人群思维上的不同。

种地一族的特点是，靠一块地可以过几辈子，人的安全感都来自土地，可以自给自足；文化上也是封闭的，靠天吃饭，神话传说里的神仙多跟天有关；人口流动较低，人性格比较内向。锄地累了，坐在地头上，思考下人生的意义，思维偏抽象和感性。由于这一片儿人头都熟，所以极为注重秩序和伦理道德。崇拜权威和先人，强调集体，不喜欢个人主义，和为贵。

打鱼一族的特点是，必须不断探索未知世界，文化比较外向和包容，靠海吃饭，所以神话传说里都是跟大海有关，不同小城邦联合起来形成城邦制。注重实践精神，敢于尝试和冒险，讲科学和逻辑，推崇理性思维，否则在海上捞完鱼就回不去了。强调个体，不喜欢集体主义，竞争为上。海洋文明里的传奇人物，比如海盗，主要是做些贸易并顺带抢劫的，通常捞一票儿就走。

西方是逻辑思维，看的是本质分析，统一和极端，要深入进去，要研究角色本身；东方是辩证地看问题，日月星辰是变化的，抽出矛盾，强调中庸，讲究布局，追求整体。

西方是渔猎社会，行不行主要靠自己的本事，结果要么0，要么1，线性思维；东方受农耕文明影响，决定收成的因素有很多，天气、水、邻里关系，是一个复杂的社会关系，使人疲于应对，例如和亲并不是为了个人情感，可能是为了上游的水。

西方油画审美注重细节，美不美看大腿、眼睛、嘴和手，比如蒙娜丽莎的微笑；东方更多的欣赏一种意境、神韵，整体表达的感觉，看完之后最好不晓得画的是啥，能讲明白的都不上道。

西方的神话中，喜欢耀武扬威，要出头，喜对抗，荣誉主要归功于个人，直截了当；东方的故事中，做事先做人，胜利属于集体，荣誉归领导，一片歌舞升平，静水深流，曲径通幽。

西方棋术中，比较具象，有皇后，不同的棋子有不同的走势，以杀死一个人为获胜；东方的围棋，以占地多为赢，要在势上赢对方，例如围棋，每个棋子都一样。

西方的扑克，大小花数，规则明白，输赢清晰；东方的麻将，要不断地酝酿，赢面很多，七小对、十三幺，都可以。

西方社会价值选择是我喜欢就好，处处体现个性化，对别人生活不评价；东方社会价值选择时要考虑他人眼光，随大流，不给别人添麻烦，你的事也是大家的事情。

你跟西方人谈恋爱，是跟一个人谈恋爱，有啥事儿直接聊，表达感情是"我爱你"。你跟东方人谈恋爱，都不知道是在跟谁谈，遇到事儿对方可能说我问一下我妈，若刚认识就说我爱你，那是臭流氓！表达感情要讲"今晚的月色真美"。

西方人，讲究人人平等；东方人，努力要做人上人。

当然，全球化的趋势还是文化融合与共生，日本明治维新以来的发展就是中西文化融合的例子。日本从公元前3世纪到明治维新之前，是以稻耕为主的农耕社会，日本又是一个岛国，耕地资源紧张，自然环境恶劣，深受大海气候影响，这形成了有日本特色的岛国文化。

明治维新后日本打开国门，受"脱亚入欧"思想影响，已经褪去亚洲国家色彩。日本民族性格很难概括，如果从一个角度来描述，那就是充满和谐的矛盾，兼顾保守和开放，勤劳和享乐精神同在，高傲和自卑于一体，同时探索内心和宇宙等。当然，集体主义至上这点是无法摆脱的东方文化内核。

日本是个岛国，有自己的天然屏障，历史上学中国，近现代学德国美国，不想学的时候就闭关锁国，是一个很封闭的环境。比如日元就是外汇市场上一种避险工具，因为地缘因素，远离欧美，受政治、经济上大事件干扰较少，日元不会轻易有大波动，成为资金的避风港。一声炮响——英国脱欧了！外汇交易员就先买点日元压压惊。

就现代经济发展来说，日本经济体量足够发达，产业链足够完整，国内市场足够大，不需要跟外面交流互换，自己完全可以有自己的玩法，在日本甚至发生加拉帕戈斯化现象。加拉帕戈斯群岛是南美洲大陆附近的一片孤岛，距离南美大陆有1000公里，这座岛以盛产奇形怪状的生物而著称，如大海龟、大蜥蜴，岛上的生物进化出自己的特色，是大自然闭门造车的地方。

1835年达尔文到过这座岛，心灵受到冲击，回去就写成了进化论。

这就像现在日本社会的发展。由于其岛国的属性，日本人及其文化慢慢像加拉帕戈斯岛上的生物似的，进化得跟外界不一样，对岛外进来生物也没有抵御能力。加拉帕戈斯现象，最早被用来解释日本手机行业，技术不是问题，主要是思路问题。

曾经，日本手机行业非常强大，但都基于满足其国内四岛需求，在新兴市场迅速发展背景下,正常思维的手机生产商,面临低质量、低价格和高质量、高价格的路线选择。但经过深思熟虑,日本手机制造商提供具有占卜功能和能翻盖的手机,主要为满足日本人对大自然的好奇心和对隐私的保护。后来苹果手机就狂扫日本市场,日本本土手机生产商毫无抵抗能力。

日本发展的各方面,都有加拉帕戈斯化的影子。

一座红塔

DAY 12
雪后月夜,白川如童话王国

莫奈调色板被打翻在这里(上)

这天所见所闻完全超出我想象,我甚至不晓得该如何开始描述。

之前听说过一个被称作"莫奈之池"的地方,从地图上来看,由郡上八幡往岐阜方向走,顺路就能到。然而到了郡上八幡,却发现没有交通工具可以到达,我本以为交通发达如日本,不应该出现这样的状况,是不是搞错了?

我坐着当地305号小彩色火车,先到了离目的地最近的地方——美浓。顺便说一下,这些经济相对落后的乡村地区的小火车,都是由小公司运营,因为比较小众,所以色彩设计很鲜艳,以吸引乘客。

美浓是一个以宣纸出名的地方。谈到"纸",第一印象就是光滑硬面的纸张。但在古代不是这样的,例如美浓和纸,蓬蓬松松,表面若雪,手感若抚树叶般温润,折起来也悄然无声,在亮光下会散发出一种柔和之感,让人心平气静。

彩色小火车

我下车后,发现还是没有找到我想去的地方的交通路线。那个在郊外的目的地叫根道神社,在众多神社中毫不起眼,从谷歌地图上看也就是深埋在山间的一条路,距离大概 20 公里,我只查到了从岐阜到那里的路线,如果到岐阜后再过去,就等于绕了个 U 字形,太远了。

从我混乱的叙述中,就知道这个地方确实难找。我想,实在不行就不去了吧。经过一番思想斗争,我试着去地铁口问人工售票员小姑娘,有没有 Plan B,哪怕转几个班次的车。小姑娘啥都没说,直接把我带到出租车旁边。司机师傅在睡觉,被叫醒后表示了歉意。

司机师傅问我到哪里,我拿着地图的大概区域指了指,他伸出三个手指头,表示 3000 日元。然后他问我那个区域具体什么位置,我指了指根道神社附近小镇。我本想到附近小镇自己再找车过去,他想了想,伸出五个手指头,我当时就有点晕。最后我指了指根道神社,司机师傅揉了一下蒙眬的双眼，拿纸和笔写下了 8000 日元。

我惊呆了，不是钱多少的问题，没见过这么涨价的啊！但时间已经不多，来不及解释了，快开车！

梦幻色彩的莫奈池塘

这片莫奈之池简直美得令我目瞪口呆！不知道在什么时候被谁这样命名，但真的很像莫奈笔下的油画风格。一开始也并不是人有意为之，1999 年，当地一位花卉养植者，把周边杂草拔掉，在池里种上睡莲和浮萍草，之后四周居民把鲤鱼放到水池中，从那时起，这片池塘的色彩就开始被慢慢地研磨和发酵，大自然这支画笔从未停歇。

画板上渐渐出现了慵懒的睡莲、交错的荷叶、悠然的锦鲤、清澈的湖水，在这样的元素组合下，无法想象怎么会不美。那么剩下的就交给时间——水中倒影交给一年变换的四季，湖面的光影交给东升西落的日月。锦鲤在湖面偶尔泛起的波澜，晃动着田田的荷叶，明暗交错间，可以触碰到人内心最柔软的地方。

人的心绪变换于明暗之间，美并不存在于物体上，而存在于人心；人心之变在于对比，四季更替和光线明暗变化都可以产生一种美。如同夜明珠，置于暗处则光彩照人，放于阳光下，则变得很普通，而夜明珠还是那个夜明珠。

并不是所有世间的美丽，都会被人幸运地发现，但这一切又都发生得恰到好处。2012 年，一位叫作荣马智太郎的业余摄影师，创作以池塘为背景的摄影作品，并获得全国大奖，让大家知道这个池

池塘中的锦鲤（一）

池塘中的锦鲤（二）

池塘中的锦鲤（三）

塘的存在。现在在游客最多的日子，据说每天能接待 3000 人次，来自东京、大阪、名古屋的旅行车路过附近，都会在这里停留。

既然名为莫奈之池，就不免让人想起西方印象派画家的风格。有这样一段时期，在明治维新之后，日本的美术造诣随着贸易发展被带到欧洲，引起欧洲对日本美术的审美崇拜，东进西渐之中，日本民众对莫奈的风格也极为熟悉和喜爱。

莫奈十分热衷于日本美术的风格，他于 1900 年创作的作品《吉维尼花园的日本古桥》就受到歌川广重的影响。歌川广重是之前提到过的创作《东海道五十三次》的浮世绘画家，吉维尼花园是莫奈家自己的花园。莫奈在《日本装的莫奈夫人》作品中，就画了他妻子卡米尔穿着一身红色和服的样子，而这个小池塘，几乎完美再现了莫奈作品《睡莲》系列中的意境。

敲黑板了！根据达人的整理，到这里的路线是 JR 岐阜站→岐阜巴士中转站 12 号站台→乘坐岐阜板取线的洞户栗原车库方向→洞户栗原车库下车→乘坐板取ふれあい巴士→あじさい园前下车→徒步 150 米到达。看这路线就可想而知，这个地方到底有多么偏僻。

池塘中的锦鲤(四)

一位热情好客的大爷

风景再美也不能久留,终究还是要往前走。我开始琢磨回去的路线,来的时候路线都没搞明白,回去的时候就更不明白了。我站在马路边一片茫然时,一位热情的老爷爷出现了,他告诉我公交站位置,我去看了一下,但没有我要的班次。他看到我愣在原地,就又跑过来看怎么回事,他看了一下说,你的班车在马路对面,所以时刻表上没有显示。

他又问我是否介意和他一起坐车,他也去岐阜。我觉得挺不好意思,但犹豫了一下还是答应了。一路上,他一直在不断地问我很多问题,例如这里风景不错,你要在这里拍照吗?前面是休息站,你要休息吗?你要吃口香糖吗?我可以抽烟吗?你要和我合影吗?你别不好意思,你要和我合影你就说!

老爷爷当年应该也是社会人,烟一根又一根地抽着。我判断他应该是在大学里当教授,他的汉语并不是很好,一般语言不好的时候,人不愿意开口表达,但他还是很热情主动。我从他身上学到一点,如果想要帮助别人,一定得积极主动并且考虑周到,这样对方可以最大程度地回应,因为被帮助

热情爱笑的老大爷

的人会不好意思开口提出。

我被送到了岐阜公园,老爷爷写下了他的名字,告诉我有任何事情可以随时联系他。我遇到好几位日本朋友,总是会留下邮箱或者推特,方便以后相互联系,特别热情,以便有机会再问声好、联络一下。当然更多感动就留在心里了,因为翻墙太麻烦了。

我在岐阜市下车。岐阜——这个名字有没有很熟悉?此地原名稻叶山,日本战国时期的著名武将织田信长最崇拜周文王,要效仿周文王一统天下,周文王发兵于"岐山",故而取一个"岐"字,"阜"字则取自山东曲阜,即孔圣人老家。这就是"岐阜"的来源,也显示了织田信长文治武功的胸怀。

虽然现在日本没有多少孔庙,但中华文明的影响依然处处可见。我之前走过许多地方都有孔庙,如云南穷得叮当响的山村、海南鸟不拉屎的地方、台湾偏僻的乡下,包括东南亚的泰国、柬埔寨、老挝等,毕竟没有孔庙不拜孔圣人的地方,那就是蛮夷了,都不入流。

我发现一个有意思的命题:历史上日本、朝鲜、越南等对中国文化的吸收与中国部分偏远山区的少数民族相比,貌似这些国家接受得更多,甚至很多年后,国家这个概念可能都不存在了,但是文化还会得到延续。

滚滚长良川边的沉钩

有些伤害是打着爱的名义,有些战争是举着和平的幌子。岐阜公园中也有很多纪念中日友好的纪念碑。满蒙开拓青少年义勇军是一个未成年移民团体，即"二战"时期日本为侵略中国东北，曾提出向中国东北进行移民百万的计划，日方希望以此成为"东亚永久和平的基础"。1938 年，有 86000 多名经过短期训练的未成年男子被送到中国东北，"拓魂"即是日方为纪念这些群体而树的碑。

整体来说，这些群体在我们东北坏事干了不少，下场大多也很惨，日本投降后被关东军遗弃。有数据显示，当时共计 27 万日本移民中，非正常死亡者 78000 多人，剩下大量的"残留妇人""残留孤儿"，这些"二代""三代"返乡之后，成为当时黑社会的组成部分，之后发生的事前文也提到过。

新中国成立后这里竖立的许多纪念碑，也展示出积极的一面。1962 年，原杭州市市长王子达挥毫的"中日两国人民世世代代友好下去"碑文和岐阜市市长松尾吾策题写的"日中不再战"碑文，二者交换于杭州。"日中不再战"碑文矗立在杭州柳浪闻莺公园，共同表达爱好和平和反战的理念。松尾吾策的儿子战死在中国，因此

"拓魂"之碑

世代友好之碑

他对战争十分憎恨。

建立此碑的契机是 1953 年开始的两国战争遗孤交涉活动，同时殉难者遗骨归还运动也正式展开，但直到 1972 年中日两国邦交才正常化。

此处还有一座"中国人殉难者之碑"。太平洋战争末期，日方强迫 4 万名中国人到日本各地做苦力，这块碑就是为悼念战争中在岐阜市牺牲的 73 位中国劳工，上面刻有每个人的名字：李贵彬、张国泰、张文瑞、李长江、刘春和等。1979 年杭州与日本岐阜市结为友好城市，岐阜市也是杭州最早的海外友好城市。"悠悠钱塘水，滚滚长良川，相汇结友好，子孙万代传。"长良川是岐阜母亲河，是日本三大名河之一。

岐阜公园附近的大佛殿，原名正法寺，正殿佛像是日本第一大干

中国人殉难之碑

漆佛像,高13.7米,修建于1832年的江户时代,与奈良东大寺及镰仓的大佛合称"三大佛"。

立于大佛之下,凸显人之渺小。有了"我"的概念,就有"他"的概念,这样就有了比较,然后就有美丑、善恶、高低、长短等相对的概念,继而七情六欲,矛盾冲突,有情众生,大千世界。所以要从根源出发,摒弃这些虚无的概念,有助于破"我执",我认为这有三层境界。

第一层,"阿弥陀佛"嘴上挂,吃斋念佛,早晚烧香,多求福报,广积善缘。第二层,做到"不执","物来则应,过去不留"。有些事情无法回避,就面对它,有些事情无法挽留,就忘掉它,况且"塞翁失马,焉知非福"。第三层,认识到"凡所有相,皆是虚妄",要达到"无我相,无人相,无寿者相,无众生相"的境界,消解生命意志,真正做到"无我"。

一座寺院的建成并非一帆风顺。正法寺前后修建了38年,其间多有波折,第11代住持惟中和尚,四处化缘耗费25年,却没有看到大佛建成的那一天,他的继任住持肯宗和尚又化缘了13年,才把建

大佛殿内

立大佛的工程款凑齐，终经两代人才完工。在这里我第一次见到黄檗宗字号，立于门外石柱上。

黄檗宗是禅宗的一个分支，由隐元和尚开辟于 1654 年。隐元和尚是福建人，因出家于福建黄檗山万福寺，被称为临济宗黄檗派，到日本后经过发展演变成了黄檗宗，并形成黄檗文化。隐元和尚很喜欢吃豆角，把豆角也带到了日本，日本人把豆角称作"隐元豆"。

日本煎茶道也被认为由隐元和尚引进日本，包括饮茶方法和观念的变革。除了饮食文化上的影响，日本当时的书法、绘画、建筑、雕刻、陶瓷、染织等艺术，包括日本举世闻名的浮世绘，都受到黄檗文化的巨大影响。

说到茶，在日本旅游想喝热水的话，不妨要一杯茶，只有茶水是热的，否则一般都会拿到一杯有冰块的水，因为大多本地人都

智惠与慈悲

喝冰水。一位日本朋友告诉我,为客人奉上冰水,表示对客人的尊重——杯中有物。"一期一会"是为品茶至高境界,世事无常,一生只有一次。

日本茶道的鼻祖是千利休大师。一杯茶究竟有多美?千利休能够给出答案,他的"和、敬、清、寂"思想深深影响日本茶道的发展。千利休被称为天下第一茶人,因与丰臣秀吉在茶道上不和,并且势力太大,影响朝野,最终被逼剖腹自杀。喝茶都能喝出这么大的影响力。

剖腹是日本比较有代表性的一个话题,但并不是人切腹之后慢慢死掉,由于真的很疼痛,需要旁边有人帮忙把头砍掉,以结束痛苦,满地打滚就不好了,这被称作介错人。千利休结束生命之时,对介错人说,屋子里地方太小,无法砍头,你就慢慢欣赏吧。千休利就是这样性格的一个人。

剖腹也并不都是电影里演的那么壮烈和潇洒,介错人一定要找对

长良川日落

人,最好有经验,干脆利落。大作家三岛由纪夫,他的作品追求一种美丽的死亡气息,因为种种原因临终剖腹自杀时,介错人砍了几刀都没有把头砍下来,三岛疼得都要咬舌自尽了,最终换了个人才把头砍下来。三岛追求了一辈子美,结尾这一下没搞好。

  岐阜城在山顶上,傍晚5点就关门,我到时山上隧道已关,爬上去要1个小时,就只好在公园四处看了看,经过常在寺、安乐寺、信长居馆等地方,然后走到长良川边,沉浸在晚霞的余晖中,看着日落什么也不做,什么也不想,一动也不动。

  长良川的岸边,浓缩了数百年中日之间连绵不断的文化往来。

DAY 13
莫奈调色板被打翻在这里(上)

晚上发生一些很疯狂的事情(下)

在这个愚人节的夜晚,我看到一些颇具魔幻色彩的场面。

这天是4月1日,是个周六,每年岐阜4月第一个周末,伊奈波神社都会举行例祭,恰好被我碰到了。我这种不提前做攻略的人,完全被卷入这场活动。当时走着走着发现路边一群人,发现路被封堵了,发现有人抬着花灯彩车,发现另一个方向也出现了彩车,人从四面拥来,每当这种情况发生,我就知道是有好戏了。

岐阜祭

伊奈波神社就是岐阜神社,在城市名还没有改为岐阜时叫稻叶神社。庙分大小,神社有社格,日本神社分为官币社和国币社,二者各有大、中、小三格,官币社由皇室供奉,国币社由国库供奉。这座神

神社前的巫女

社的社格是国币小社。

路边有块小牌子,上面写着 4 月 1 日——神幸祭。神幸祭是一种纪念神仙诞生日的仪式,会把神仙抬出庙沿街巡游,神仙四处转一圈,接受民众的膜拜,以保境安民,同时沿途都会有各种民间艺术表演。

人们对大自然万物充满着宗教式的神秘感,再往前发展就是神道教的文化。"日本祭"的种种活动,体现万物皆有灵的信仰,这符合萨满教主旨。萨满教是史前时代人类普遍信仰的宗教,早期时几乎是一个世界性宗教。萨满在通古斯语中就是"巫师"的意思。

神道教就融合了萨满教中很多的元素。原始社会祖先崇拜和各种祭祀活动,与生活中的咒语、歌谣、祝词、传说都有着紧密关系,远远早于有文字记载的历史,为人们生活生产提供了很好的指导,也为现代日本漫画提供了广泛的素材。

亲临跳大神活动现场

天色渐暗，随着越来越多的人围观，彩车缓缓来了。彩车看起来很重的样子，拐弯的时候需先放在地上，然后一群人换个姿势，然后拐弯拉过来，之后再抬走，有时拐弯会过头，因为大家一起发力无法控制好力度，就得反复调整。

彩车上有位神职人员或者当地德高望重的前辈，在彩车实在调整不好的时候出面指挥一下。车上木偶小人扭来扭去，演奏的声音咿咿呀呀，彩灯左右飘摇，一群人被彩车的力量弄得东倒西歪，场面有点儿滑稽。这是一个需要集体配合的细活儿。

日本神道教并没有什么经书神谕，主要以神社和祭祀活动为载

万众期待的彩车

体。在女人采果子男人狩猎的年代，吃了上顿没下顿，能不能收成主要看神仙照顾，而到农耕年代，就更要依靠神仙给下点雨才有好收成。这些神仙住在神社里，祭祀活动是日本信奉神道教的具体化体现，不仅是在祈福，也是人与神交流的一种尝试，在向神仙表达感谢、崇敬。这类仪式尽量显得盛大庄重，极尽奢华。

现场我看到共有四台彩车，每台彩车都有不同的艺术体现形式，分别叫若戎车、清影车、安宅车、踊山车。在清影车里，那些精美的雕刻和刺绣的神舆、山车、花车、屋台等物件，代表山川河海，人们认为神灵就附着在这些地方。车下坐着一个演奏小团队，无论外面发生什么事情，即使车歪斜得快要倒地，他们也安之若素，只管演奏，像《西游记》中师徒四人到车迟国求雨时童子的角色。

童男童女演奏队

在经过每个路口时彩车会转好多圈，以通知四面八方的神灵。彩车转得越快，围观群众越嗨；群众越嗨，转得越快。车上向人们撒下彩色花瓣的瞬间，现场气氛达到了高潮。现场每个人都穿着日式的传统服装，在路口的时候有队伍进行朗诵表演，作为献礼，应该是在吟唱经文，每个字音拖得很长，优美的童声回荡在

旋转彩车

街头巷尾，伴着凉风听起来令人浑身舒畅，我感觉我要灵魂出窍了。

神社的侍童微笑着站在神社门口截住了汹涌的人流，所有游街人群和队伍到他面前就开始折回，无人敢靠近。我微笑示意给这个哥们，要给他拍个照片，他一直不停地向我鞠躬，我反复示意他不用鞠躬，拍个照片就好，他说好的，然后就又鞠了一躬。

经历过反反复复地折腾，在万众瞩目下，最后一辆彩车被抬到神社前，像列队仪式一样，一幕大戏结束了。当一个领导模样的人开始讲话的时候，我就开始在四处找点小吃填肚子。

我看着一家小摊的烤鱿鱼不错，色泽诱人，队伍排了老长，结果吃的时候才发现全都是生的，不过自己买的含着泪也要吃完。正当这时，不晓得从哪里冒出来很多花轿，不同团队穿着花花绿绿的衣服，

神社门口的神童

在喊着口号的领队的带领下又出现了,整个活动掀起二次高潮。

一支由年轻人组成的队伍,走到一半就停在了路中间,然后一个一个脱掉衣服,开始跳舞,肢体动作极其夸张,那场面就像斗舞大会。我理解他们在用跳舞的方式讲述一场战胜邪恶的故事。这是不是在跳大神?

有的花轿上有两位美女,象征性地指挥着轿子往前走,主要是在鼓舞士气,类似于赛龙舟时敲鼓的人。两位美女领着大家在喊着一些什么口号,我也听不懂,整个队伍不走直线,走成 S 形,等快冲向人群的时候紧急刹车,开始又朝另一个方向冲过去,故意在挑逗围观群众的神经。队伍移动到神社门口会折回,迎面遇到刚上来的新队伍时,两队人马就开始斗舞,互不相让,一时间现场好不热闹。

一直以为祭奠这样的事情非常庄严肃穆,是十分需要仪式感的,同时也要讲究诸多礼数的。之前也仅知道高山祭的华丽,没想到"岐阜祭"颠覆了我对日本祭奠活动的看法,整座城市都要被这场闹腾的祭奠活动掀翻,真的让我领略到许多跟平时不一样的日本文化。在这个夜里,人生即是狂欢。

如果有一种专门针对日本祭奠活动的旅游服务,就太好了。

众人抬轿

斗舞大会

日本祭祀活动无处不在,每座城市都有,往往一座城市的各个町联合起来一起举办。东京的神田祭、京都的祇园祭和大阪的天神祭号称三大祭,其中以京都祇园祭影响最大。还有诸如京都葵祭,能看到传统贵族风情;德岛阿波舞祭,场面之优美风靡全国;山鹿灯笼祭,1000名女性身穿浴衣彻夜跳舞,并且伴有大型的烟花秀;北野天满宫祭,纪念"学识之神"且钟爱梅花的菅原道真。

祇园祭开始于日本平安时代。贞观年间闹瘟疫,许多人因此而丧

美女号子手

人群中的小姑娘

命，为求消除灾运，人们到八坂神社祈求平安，当时日本分为66个小藩国，那么就需要66辆彩车，以驱散瘟神，一开始只在有瘟疫的时候才举行，后来就一直延续了下来。目前祇园的祭会延续整个7月，其间会有32辆花车巡礼，十万人观光，场面蔚为壮观。

日本神奈川县，有一个叫铁男根祭的祭祀活动，顾名思义，就是民众集体崇拜男性生殖器图腾，一些男男女女会抬着巨大的阴茎游街。这个活动从17世纪就开始了，作为东京到京都之间的必经之地青楼，祭拜"铁男根"大神可以保佑"桃花运"源源不断，生意兴隆，有点类似中国古代妓院祭拜管仲的意味。

有一些祭祀活动还有很多古怪的禁忌。比如每年7月1日至7月15日举行的福冈博多祇园山笠祭，就要求祭祀时不能吃黄瓜，因为黄瓜切开的花纹和祭神时的神纹木瓜花很相似。日本祭祀活动是向祖先、神佛祭拜，诉求也很简单，求丰收、求安康、求吉祥、求功名等，不过次数之多、影响之广、氛围之热烈在其他国家很少见到。

京都天满宫祭

经过一些切身感受和了解，感觉日本祭并不追求一种纯粹的仪式感，或者说可能一开始是仪式，现在已经世俗化了，变成一种生活方式，就像高高在上的贵族特有文化，慢慢变成城下町老百姓生活的一部分，日本"祭"文化，更多承载了人们平静压抑的集体生活里寻找快乐的使命。

有些人是为改变世界

无论是在日本国内的斗争还是对外战争中，都可以看到，激进是日本民族性格不可或缺的一部分。日本战国有群雄并起，现在虽然处于和平时期，但有些人依然充满斗志，活着就是为了改变世界。

"朝为田舍郎，暮登天子堂"大多发生在变革年代，变革时代往往很短，历史上土地资源、教育资源、医疗资源、就业机会等都会慢慢出现固化，好在现在逆天改命不需要流血，但任何时候改变仍需要眼光与勇气。

日本明治维新前期的社会氛围，政治上是王政复古，还政于天皇。复古思潮也是种改革，代表不满足于现状，思想上是福泽谕吉提出的"文明开化"，主要围绕教育改革，还有服饰、建筑、洋餐等各方面，总结下来就是"和魂洋才"，福泽谕吉到现在还被印在日本10000日元钞票上。很像欧洲资产阶级文艺复兴的路数，在欧洲文艺复兴之前，画像上多是神仙，比如上帝、圣母、伊甸园、天使十字架等。若达·芬奇和教堂里的神父们商量："我有个邻居叫蒙娜丽莎，能不能给她画个画像？毕竟劳动人民才是最美的。"神父们会觉得，你这孙子疯了吧？

表面看起来是文化冲突,实际是不同群体和阶级利益之间的对抗,文艺复兴承认"人"的价值,其本质是新兴资产阶级挑战原有势力,继而慢慢掌握话语权。明治维新时期,日本不少开明之士提出"全盘西化"口号,明治天皇带头穿西装、喝葡萄酒、吃牛排。很难想象慈禧老太后穿瘦腰西式套裙是什么样子。

民族性格的养成不是一两天的事情。往前追溯,南宋末年蒙古大军南下中原,继而攻打日本,蒙古的进攻是日本开天辟地以来没有遇到过的事,不过日本人认为"蒙古乃犬之子孙,日本则神之末叶",拒绝与蒙古使者谈判。

为防御蒙古大军,日本民众只能拼命祈祷,在伊势大神宫和石清水八幡宫请愿,这样便可以免遭一切国难,还真灵了!九州刮起大风,把蒙古船只吹得七零八落,折翼而归,这台风就被称作"神风",也是"二战"时"神风特工队"名字的由来。

一直把中国看作文化之师的日本竟在神灵保佑下,抵御了蒙古的进军,然后就膨胀了!出现"日本乃神国"的论调,认为天竺一开始是天神子孙所构成,但后因下劣之种得势成为国主,只有日本是"万世一系"。

明朝初建,天朝让日本来朝贡,日本怀良亲王写了封言语极为激烈的信,要跟明军"相逢贺兰山前"!我大天朝怎么能忍受这种耻辱?四海之外都是蛮夷,让你们来进贡已经是看得起你们了!不过经过再三思量,加上有蒙古大军的前车之鉴,明朝怕日本人再念咒语,这事就不了了之了。

后来,赌赢日俄战争、"二战"中珍珠港偷袭后的崩溃,都可以看到日本民族颇为激进的一面。

我们打牌时,手里的牌太小就要保存实力,等着重新洗牌,而手里牌大,按规则行事就可以慢慢吃掉对方。日本民族性格属于第三种,明明手里牌很小,诈一把!这种性格或许是导致这个民族周期性膨胀的原因。就像日本漫画七龙珠里的孙悟空一样,有时候变成巨大无比的狂暴人猿,但总会变回小猴子。

如果要找两个鲜活的个例,古有丰臣秀吉,今有孙正义。

明朝万历年,统一日本后丰臣秀吉感觉良好,要跟大明这么比画一下,希望能"路过"一下朝鲜,结果日本在朝鲜被明军重创。最后一战是著名的露梁海战,日军500艘战船只剩不足40艘,最终中国伤亡1万人,日本伤亡5万人。随着丰臣秀吉1598年逝世,这场战争也匆忙结束,日本势力又回到东洋四岛,丰臣家的下坡路就是从讨伐朝鲜战败开始的。

现代社会逆天改命的代表是孙正义,他24岁时成立了一家公司,身高仅一米五的孙正义站在箱子上,对刚招募的两名员工说,公司营业额五年要达到100亿日元,十年要达到500亿日元。就这样,仅有的两名员工也被吓跑了。日本大地震时,孙正义个人捐了1.19亿美元。现年60岁的日本首富孙正义,募集1000亿美元的科技投资基金,准备要搞把大的,狂赌科技产业发展未来。

DAY 14

在热田神宫没有找到那把剑

织田信长在取得一生最为关键的那场胜利之前，去参拜了热田神宫。

我经历三天的高山之行后回到了名古屋，取回自己放在酒店员工停车库的单车，然后继续我的骑行之旅，先是直奔热田神宫，后又到清洲城天守阁寻访织田信长的故事。

热田神宫是到名古屋必去的地方，这座神宫的地位仅次于供奉着天照大神的伊势神宫。热田神宫是日本最古老和地位最高的神宫之一，大殿供奉武尊和宫簀媛，以及天照大神、素盏鸣尊、见稻种命五位神明。热田神宫坐落在宁静的街区里，在这里我看到了祈福平安的家庭，找到了樱花盛开的古屋，但是没有找到传说中的那把剑。

热田神宫前的鸟居

上古神话中的天云剑

天气开始越来越晴朗,终于走出日本下雨的那片区域。路上可以看到好多年轻人和老人,很少见到中年人,可能都在忙于工作。在热田神宫附近,偶遇一家东北菜馆,老板娘是一个东北姐们儿,短发,瘦削的瓜子脸,讲话听起来特别亲切:"哎呀妈,你整单车过来的?日本人做的那菜吃起来就没味儿,是不?""小兄弟,搁我这儿吃菜不好吃不要钱!"这时候有客人离开,老板娘突然变得很温柔地说:"また、お越しくださいませ(欢迎下次光临)。"然后接着对我说:"这旮旯日本人妈呀搀是事儿多,喜欢整这没用的。"我差点儿笑喷,

祈福的木屋

小姐姐画面太美。

据传热田神宫里供奉着一把叫作天丛云剑（草薙剑）的神物，另外两大神物八尺镜和八尺琼勾玉，分别供奉于伊势神宫和东京皇居。天丛云剑来自八岐大蛇，这个怪物头与尾各分裂为八个，素盏鸣尊大神用酒将其灌醉并杀了它，斩断第四条尾巴之后，在蛇体内发现一柄剑，这就是天丛云剑，献给天照大神。八岐大蛇所到之处皆为沼泽，被认为是水害的象征，出处据说来自中国《山海经》中的怪物"相柳"。

那么素盏鸣尊是什么级别的神仙呢？素盏鸣尊是伊邪那岐的小儿子。伊邪那岐是日本神话中的父神，他的妹妹是伊邪那美，两人在远古的关系相当于欧洲的亚当夏娃和中国的伏羲女娲，既是夫妻又是兄妹。关于人类起源的神话传说世界各地区都差不多。

伊邪那岐洗左眼时化成的神，名叫天照大神；洗右眼时化成的神，名叫月读命；洗鼻子时化成的神，名叫素盏鸣尊。伊邪那岐对天照大神说："你去治理高天原！"对月读说："你去治理夜之国。"对素盏鸣尊说："你去治理海洋。"感觉这都是真事儿。

热田神宫古木参天，意境幽然，像公园一样惬意，四周看不到任何高楼建筑，幽静中有几分庄严。进去的路上铺满了石子，为什么铺石子？我在东京明治神宫就在想这个问题。原来这类神宫里都会有很多的宝物，为防止被盗，路上铺满石子，小偷跑过的时候就会沙沙作响。据说热田神宫里的天丛云剑就被偷走过，但是不出一天就又自己出现在热田神宫里了。

这个地方是热田神宫的手水舍，每座神宫入口都会有。一个完整的

手水舍

步骤是：右手舀一勺水，先清洗左手，再清洗右手，然后用右手拿勺倒到左手中漱口，就完成一次清洗，这样才能进入神社里进行参拜。注意一定要用左手接水去漱口，一定不能喝进去。手水舍的象征意义是洗净自己身上与心灵上的罪恶污秽，一口全喝下去的话不是很合适。

在日本，孩子出生之后，男孩一般是第 32 天、女孩第 33 天，父母都会抱着孩子来神社参拜，希望得到神灵庇护，保佑孩子身体健康、平安成长。另外，在男女孩成长到 3 岁、5 岁、7 岁这些关键年龄，都有相应的神道仪式。结婚的时候，也要在婚礼上设置祭坛，请求神灵赐福。一直到人死亡后送魂，使灵魂得到最终安息。

我已经很久没有见到巫师这个职业了。我们把那些讲故事的人称为巫师，他们可以是古代的科学家，甚至是最先一批睁眼看世界的人，

庄严的神道仪式

为婴儿祈福

在过去有多种兼职：可以是医生，主要治疗人的精神、心理疾病；是天文学家，掐指算出下次满月时可以播种的时间；是占卜师，利用自己的人生经验预测吉凶，帮你化险为夷。

人类内心深处对故事是很渴望的，连续的象征性的叙事，再加上一点点仪式感，能成为人在乱世浮沉中的救命稻草。故事会让人很形象地来认识未来世界的

若宫龙神社

样子,告诉人们什么是善良与邪恶、天堂与地狱,经过精心编织的故事能给人一种前所未有的安全感,让人在泰山崩塌之时处之泰然,在末日来临之前安之若素。

许愿和还愿的人来来往往,让这里充满祥和之感。

一路上会遇到真宗大谷派名古屋别院这样的大寺,也会遇到若宫龙神社这样精致的小庙,最小的庙宇或神社有21英寸电视机那么大,以满足人们的不同需求,可见宗教对人的生活真的很重要,在很多日本人的生活中,精神信仰是超脱一切的,甚至高于生命。从日本民族发展来看,一个人的命运当然要靠自我奋斗,但也要考虑到历史的进程,更重要的是要有神灵保佑。

我自己并不推崇任何宗教,但不否认其存在的合理性,仅从文化角度进行探讨。人要面对世间太多种种不确定性,这时就需要一个最好能解释发生一切的全能存在,以给人巨大的安全感。即使伽利略发明了望远镜,人们也不会拿它来试探上帝是否存在。

在社会发展中,人们的选择可以归为两类,一类是因信仰而自由组合,例如教会;一类是因利益而相互协作,例如公司。在日本这两者统一了,日本人灵魂深处的信仰是神道教,是与生俱来的,在信仰神道教基础上可以

真宗大谷派名古屋别院

再信其他的教。天皇是太阳神的化身,天皇领导下的"大和民族是最优秀的种族",这种信仰曾给日本民族带来力量,但也成为日本军国主义的帮凶。

一个充满绝对真理和权威的社会,很难长久地健康发展下去,健康社会应该具有足够宽容度来接受试错,接受试错也就是拒绝愚昧,我们是在验证和探索世界,而不是在证明某种权威。科学主义一直在跟宗教做斗争,科学使者总是穿着新衣突然闯入,摔碎了盛满红酒的金色杯盏,惊醒沉醉在虚无盛宴中的人们,所以非常不受欢迎。

"敌在本能寺"

每一个创业者在起步的时候,都异常艰苦。

清州城天守阁

清州城是当时尾张国的守护所，位于尾张国中心地带，今在名古屋往西 30 公里处，织田信长曾在这里做过 10 年城主。织田信长从小不遵守什么礼数，游手好闲四处闹事，少主时期带了几个人到当时清州织田家支配的清州城放火，胆子非常大。当时大家对小信长的评价是四个字：没有前途。并称其为"尾张的傻子"。

说起织田信长的成名之战，不得不提"桶狭间之战"。事情发生在 1560 年，当时今川家称霸东海道，占领骏河、远江、三河多个地区，几乎是整个日本中部靠海的领域，地理位置优越，兵多粮足，土地面积数倍于信长的尾张小国，而且今川家的兵力是织田家兵力的 6 倍多。还有三大背景需要介绍一下。

尾张国与三河国接壤，两国摩擦不断。先是织田家被今川家从三河地区赶出来，失去了自己的势力范围，后来今川家趁信长继位地位不稳时攻下知多郡，再后来今川家又俘获了信长异母兄信广，两家你来我往已经结了太多仇。就是这么个关系。

当信长艰难统一尾张国时，刚能稍稍喘口气，此时今川与东部接壤的甲斐国和相模国签订了互不侵犯友好协约。尾张国整个北部都被包围在美浓国内，美浓国是尾张国的大后方，信长正妻叫浓姬，美浓国城主是信长岳父，但这位老岳父却在与长子内斗中被杀了。就是这么个背景。

今川家实力大增后要上洛，"洛"就是洛阳，日本人把京都就叫作洛阳，所谓上洛就是"问鼎中原"的意思，其实是去参拜天皇以证明自己的实力，所谓"挟天子以令诸侯"。上洛必经之路就是尾张国，也就是今川家要"假途灭虢"顺手灭了尾张国，织田信长面临生死战。就是这么个局面。

先说结果。织田信长组织三千余人奇袭队一战取下今川义元首级，今川家从此没落。当信长部署好队伍准备进攻时，天上下起了大雨，使今川军无法快速地集结部队抵御或者撤退，可以说这场大雨帮了织田信长的大忙。为什么会有这场大雨呢？可能是因为开战之前，信长去热田神宫参拜了，后来信长就给热田神宫捐助这面信长屏。为什么今川义元会在桶狭间驻扎呢？因为怕热又不爱骑马的今川义元是个胖子，他走不动了。所以减肥很重要。

喜欢日本战国史的朋友，肯定对清州城不陌生，这里是织田信长的大本营。话说他老丈人为什么跟其子内斗呢？就是因为看到自己女婿织田信长很能干，想把美浓城过继给女婿而不是儿子，儿子肯定不

DAY 14
在热田神宫没有找到那把剑

信长屏

答应,他老丈人临终还写了封遗书,将美浓国送给信长,这给了信长进攻美浓的理由,清州城是织田信长统一天下起步的地方。

此后织田信长逐渐控制京畿之地,继而攻克各个大名,最盛之时掌握了一大半日本领土。当时日本铁炮换一次弹药需要20秒,很难撑住对方骑兵进攻,但织田信长发明了"三段击"的战术,让铁炮排成三排,这样可以保证无间隙发射。织田信长也是靠这样的战术做到了战无不胜,攻无不克。

信长因为狂放不羁的性格和一生精彩传奇的经历深受后世人们的喜爱;织田信长的陨落也极具传奇色彩,当时没有人相信织田信长会死。

1582年6月20日晚上,织田信长带100余人下榻京都本能寺,并跟当时的日本国手日海和尚下棋。当日夜宴招来长子织田信忠,宴后信忠返回600米外的妙觉寺就寝。

深夜,明智光秀派13000余人将本能寺围得水泄不通,实施谋反。织田信长听到外面声响,得知是有人谋反,整个人都蒙了,首先问是

清州公园织田信长像

不是他的长子要杀他，是不是等不及继位了？他对光秀的谋反毫无心理准备，最终战死，时年49岁。织田信忠得到消息后躲到二条御所，终因寡不敌众，切腹自杀。短短几小时内发生的政变，使得天下震动。

明智光秀谋反时喊出一句口号："前进，敌在本能寺！"成为一个家喻户晓的典故。明智光秀本来是想集结军队，去援持正在与毛利氏激战的羽柴秀吉军，却掉头奔向了本能寺。"敌在本能寺"意喻声东击西，有时也被翻译成"醉翁之意不在酒"。

明智光秀这场谋反有点赶鸭子上架，大家至今没明白光秀到底是怎么盘算的，可能是被人当枪使了，还有说背后是茶道师傅千利休谋划的。一个人死了，身边人都有动机。明智光秀下场也很惨，由于事出突然，没有提前跟各方通气，即使谋反取得胜利，各地势力也都保持观望，场面一度很尴尬，简单来说就是师出无名。起兵之前至少编个说法，比如荒淫残暴之类。他这是典型的舆论工作没有做到位。

从结果来看，虽然明智光秀当上了征夷大将军，但距离本能寺事件没有超过十天，就被农民当作流寇劫杀，这场闹剧被称为"三日天下"。丰臣秀吉是最大受益者，当时在高松讨伐的丰臣秀吉率兵回京，跟织田信长的其他家臣会合后，合力给信长报仇，在"天王山之战"中击败明智光秀，连姓氏都不配有的穷苦出身的丰臣秀吉，借此登上权力顶峰。

日本经济失去的十年

每读到日本战国时的逆袭故事，都令人热血沸腾，但再看现在的日本社会，像个垂垂老矣的老人，没有什么朝气。为何会变成这样子？日本社会经历了什么？

如果能深入研究日本现代经济发展轨迹，对我们进行伟大的社会主义经济建设有一定借鉴意义。"二战"后日本经济的发展被认为是不可复制的，20世纪最后十年，日本短时间内发生那么大的经济波动，也被认为是前所未有的。日本"二战"后的经济关键词是：全球化、升值、转型、泡沫、广场协议、失去的十年。

"二战"后全球化快速发展，日本经济以"贸易立国"，美国为日本开放广大市场，简单讲就是出口、出口、出口！日本在20世纪90年代中期超越英国，对外资产规模居世界第一，经济总量世界第二，是世界上最大的债权国。在日本贸易极大顺差的情况下，与欧美之间贸易摩擦也不断增多，跟这几年中美经济摩擦一个道理，搞得美国广大黑人兄弟都失业了，美国国内保护主义抬头。

美国终于明白，好处不能都让日本占了，对日本说：最近美国国内大家压力都很大，要不你就从美国市场滚蛋，要不你就日币升值调整经济结构，总之搭便车日子结束了。美国还提出要日本逐步放开国内市场，特别是资本和金融市场，希望借此减少逆差，增加本国就业。那么后来发生了什么呢？

1985年，美国主导了"广场协议"，日本为营造一个良好经济发展的国际局势，在美国压力下放弃闷声发大财的宗旨，日元开始朝着全球第二经济体这样的国际地位不断升值。升多少、升到什么程度才收支平衡，这些当时都不知道。国内，日本开始推行金融自由政策，为加大内需，施行扩张性财政政策。

夕阳下的长桥

当时日本的股价和房地产泡沫已经持续膨胀,资产价格脱离实体经济,大量热钱流入日本,导致日本资本流动性过剩,实业经营不如搞资本运作。很多日本人认为有些经济泡沫是"好的泡沫",是资产升值带来的必然结果。一如中国这些年的房地产泡沫,但相比而言,中国股市保持了极大的冷静和克制。

当时日本舆论认为,任何看低日本经济的人都是西方敌对势力的同谋,都是嫉妒日本经济高速发展,日本马上就要超过美国,成为世界经济的霸主!"日本已经没有什么东西可以向美国学习的了。"

现在看到中国人买买买的新闻,几乎跟当时的日本人同出一辙:索尼买下了美国哥伦比亚电影公司;三菱公司买下了洛克菲勒大楼,那是纽约地标式建筑物;纽约、洛杉矶、悉尼、夏威夷到处都是日本人买房子的身影。东京天皇皇宫地价可以买下整个加利福尼亚州,这不是段子;金融大鳄乔治·索罗斯、罗杰斯们经常去日本演讲,每提到"日本经济未来一片大好"这样的观点,台下观众就掌声雷动。

然而当资产价格上涨跟不上资产收益率水平时,泡沫早晚会破灭,只是破灭时间没人知道,并根据下跌的惯性会过度反应,人们称之为"崩盘"。

1989年12月29日,日经指数创最后一次历史新高,达到38915点,之后1990年3月跌破30000点,10月跌破20000点,并于1992年8月跌破15000点,一直持续跌至2000年,日经指数徘徊在10000点左右。这十年被称为日本经济"失去的十年"。

DAY 15

一条很长很长的南宫山路

出来骑行旅游,万万没想到还得爬山,这天可真把我累坏了。

每次我翻看在日本骑行的照片时,脑海里就会浮现起无数画面。此前无论在哪个地区骑行都会遇到大片郊区,都要考虑水或食物补给问题,但在日本如果路线选好,可以一直在城市里骑行,除了红灯很多以外,不用担心任何物资问题。有时还会遇到很多惊喜,比如这天经过的大垣城,细细去挖掘,会发现很多历史故事。

草肥水美的大垣城下

彦根城下的一条小河,翠绿盎然,充满生机,水中东倒西歪的青草,比岸上的风吹草动更多几分妩媚,也多几分不真实。小溪潺潺,芳草萋萋,微风轻轻,波光粼粼,一下子就明白了很多骚人墨客所描

彦根城的内河

述的意境。正当我望着小河出神的时候,桥洞下一艘小船悠然而来,河水荡漾开来,河边的樱花树含苞待放,无法想象,每当樱吹雪的时候,又会美成什么样子。

人们往往歌颂自由、歌颂爱情、歌颂勇气,但是很少有人写歌或写诗去歌颂水和空气,因为这些东西每个人都有,人们最容易忽略的是身边的景色。所以还是不能太贪心,樱花没开的时候希望樱花开,樱花开了希望樱吹雪,樱花飘落时又感叹韶华易逝,世界又不是围着谁一个人转的。

这些都是生活中的寻常场景,一座由几座木制房屋组成的神社藏于居民区里,距离很远就可以看到门口大大的鸟居,鸟居之上有盛开

居民区里的神社

的樱花,进门一般会有石台阶,参道两旁摆满了灯笼,然后就是神殿,里面布满枝繁叶茂的青松或凋零了的树木,房舍没有显得很雄伟,草木也没有显得很茂盛,但进去就会感到心旷神怡。此处供奉的是八幡神,司弓箭,是日本武道的神,在日本古代受到广泛尊重。

这座神社跟四周的居民区已经融为一体,放学后小朋友们三三两两穿着校服从河边走过,神社内有一个小朋友玩的滑梯以及一口泉眼。这口泉眼涌出的水叫作"大垣涌水",泉眼旁标有水的浊度、色度、有机物、pH 值等指标。几位街坊邻居,提着大大的塑料桶,一边聊着家常,一边在这里打水,日子在不紧不慢中流逝。

历史上大垣城发生过一场大战,这是关原之战的战场所在,也是当时西军的重要据点。关原之战,是东军的德川家康与西军石田三成的大会战。这位石田三成是丰臣秀吉的小跟班,历史上著名的"三献茶"事件说的就是他们之间的故事。

大垣城天守阁

话说秀吉外出打猎，满头大汗，恰逢一寺院，在寺内打杂的僧侣石田三成递上三碗茶。第一碗是凉茶，第二碗是温茶，第三碗是上好的热茶，步步递进，让秀吉慢慢适应茶温，将拍马屁上升到了日常生活的细节中，秀吉感觉这是个有心的人才呀！

于是丰臣秀吉就收其为自己的随从，从此石田三成追随秀吉南征北战，忠心耿耿。值得一提的是，丰臣秀吉身边其实特别缺人才，因为其出身贫寒，没有自己的势力范围和家臣，所以平时十分注重收罗人才。

随着丰臣秀吉去世，石田三成成为秀吉的托孤大臣，一心辅佐秀吉养子秀赖。此时实力最强的德川家康不甘为人臣，不断拉拢其他大名，扶植亲信，缔结姻亲，石田三成则力保丰臣一脉，不久关原之战爆发。

双方都是打着自己是"丰臣家"正统的旗号，以消灭逆臣贼子为己任，每个人都知道一场大战在所难免，全国所有主流大名都表态站队，买大买小？所以关原之战被叫作"决定天下的战争"。最终德川家康取得了胜利，扫清了自己政治上的对手，结束了日本的战国时期，建立了德川幕府统治。

❀ 一直走，直到时间尽头

骑行途中，偶然间我看到南宫大社外面的大鸟居，着实惊艳，毕竟这不是什么大城市，在这郊外山区，还有这样的所在，不知这背后的庙会有多大。我循路而入，这个地方，如果不是骑单车路过，应该

南宫大社外的鸟居

根本就不会进来吧。

神社周边草木萋萋，毕竟神社佛龛多在幽静之处，神社与其周围的山、水、田、林被称作"神域"，所谓"千古不入斧"，修路搭桥时，遇到神社就得绕路，甚至神社周围的树都不能砍伐。神社崇拜有利于自然环境保护。

南宫大社的社格为国币大社，级别很高，最高的社格是官币大社，其次就是国币大社。南宫大社还是日本矿山、金属业的本宫。南宫大社是我所遇到的少有的具有对称式布局的宗教建筑，特别是"一"字

南宫大社之舞殿

型主轴线布局，而中国的宗教建筑大多都是有主轴线的。整个布局看起来很大气，以本殿、币殿、拜殿为中心，两侧是对称式的建筑，中间是回廊，底部是各个小神社。

其中本殿在最里面，也称为神殿，是安置神灵的地方；往外是币殿，奉纳币帛之社殿；然后是拜殿，进行祭祀礼拜的社殿。与其他神社不同的是，南宫大社再往外还有个神乐殿，也就是舞殿，在节庆日或者祭祀神的日子，巫女们会在舞殿上跳神乐舞，为了祈祷和祭祀。走过庭院，再往外是楼门，楼门外是石轮桥。一般的神社再往外就是鸟居了，可能这座神宫级别比较高，一直往外两公里才到鸟居，就是我沿路拐进来的地方。

巫女是日本宗教界的一个传统职业，主要工作是侍奉神，要温柔体贴、善解人意，代表了人类颜值的最高水平。那些著名的动漫人物，例如《犬夜叉》中的桔梗、《你的名字》中的三叶，都是神社里的小巫女。

凡是大一些的神社都可以看到小巫女的身影，留着长长的头发，在神社里飘来飘去。以前的巫女大多来自神社主的女儿或者亲属，不过现在要通过考试才能获得当巫女的资格。现在的小巫女平时主要负责解释神谕、打扫卫生、售卖神社商品等。在古代，解释神谕就厉害了,几万大军哪天出征,都要靠巫女来解释。现在来参拜的人,对巫女仍然保持很高的尊重,民间各地也有巫女的传说。

我眼前的这个妹子太可爱了!她就是神社里的一位小巫女,不晓得会不会打开结界,懂不懂什么魔法,能不能蛊惑人心,有什么什么神器呀啊哈哈。这些神社的小巫女大多非常漂亮,身穿白色的小袖和红色的绯裤,十分考究。

一般我提出要给妹子拍照片,对方的反应分为两种:一种是连忙说不行不行,谦虚着说太丑太丑;另一种是瞬间收下巴,然后扭腰,最后伸腿,并会不断地强调,你从下往上拍,显得腿长啊!

我向这位小巫女提出拍照要求,她"唰"一下脸全红了,然后就捂着脸羞涩地笑。我心想,我都一把年纪的人了,姑娘你有话好好说,

可爱的小巫女

一条时光隧道

别动不动就脸红，容易让人误会呀。等她平复一下心情，我拍下了这个有些紧张的小巫女。

南宫大社外散落着些许古建筑。我遇到一排小鸟居，一路走过去，让人有种在时间隧道中穿梭的感觉。当阳光从参差不齐的树梢照射进来时，让本来的红色隧道变成一片金黄，起风时这些明亮的金黄随着树叶四处摆动，煞是可爱。摄影这种艺术，虽然可以后期调光，但我感觉无论如何拍不出这种美了，这是一种属于光影原本的色彩，很难捕捉到。

南宮山小路

我本打算在神宫里逛一下就出来，结果一直往里走，一直有新发现，直到遇见一扇铁门锁住了路，正在我折回的时候，有三个人上来了，我摆摆手说门锁住了，上不去。他们挥挥手带我过去。原来锁是可以从里面摘掉的，然后门就被神奇地打开了！我像发现一个新世界，阳光穿过茂密的树丛，清风吹过，顿时觉得力量无穷。我激动地开始往上跑。

我本以为这只是座小山坡，结果爬了一小时还没有看到山顶，快要放弃了，不仅仅是体力上的，而且时间安排上也让我很担心，毕竟不是很想赶夜路。此时更让人崩溃的事情发生了，我遇到了一块指示牌，上面显示到山顶还有40分钟。这是名副其实的半山腰啊，上也不是，下也不是，场面一度很尴尬。

我看着西下的太阳照射到直径2米的树腰，阳光所到之处有一根绳子把木头围起，绳子上挂着一些白色符文，随着风吹在摇晃，我的心也在摇晃，看到这样的景色，我就不想再往前走了，心想要不要就此下山，但又觉得遗憾。

忽然远处有只小鹿跳了出来，像在鼓励我前行似的，它微微抬头看着我，一动不动，我也一动不动，安静得只能听见风声。"你是在看我吗？你是在看我吗？"我突然反应过来，手忙脚乱地拿起相机，打算拍照时，小鹿轻松跳跃着朝着山的另一边跑去，透过相机只看到一团白色跳来跳去——噢，那是小鹿的屁股。

就在此时，事情发生了转折。我上山已爬了一小时，一个人都没看着。这时，一位老奶奶满头银发，体态稳健，步伐轻盈，从那遥不可及的山顶方向跑了下来。对我说库尼西瓦！看样子老奶奶有七八十

山顶的高山神社

岁了,当时我就震惊了:连老奶奶都能做到的事情,我若放弃,该如何面对接下来的人生?

我以前只晓得日本老人身体好,没想到是这样碾压式的,顿时感觉到身上又充满了力量,铆足劲又往上爬。其实爬是能爬动的,就是时间问题,当然,一切问题最终都是时间问题。又爬了一段时间,看到了有座高山神社,这应该是快到山顶了,一位爷爷跑过,向神社很虔诚地鞠了一躬。

到山顶,可以看到毛利秀元当时驻兵的纪念碑。关原之战中,毛利秀元就是在这里,把 15000 大军藏在山中,一动不动,看着西军全

南宫山顶

线崩溃。当时德川家康四处收买人心,答应毛利秀元如果严守中立,将会得到奖赏。

假设毛利秀元冲下山去,甚至带动松尾山的驻军合围,或许会来一招瓮中捉鳖,扭转关原之战的局面。当然,最后毛利家还是被德川家康以违反约定等种种借口进行了处罚。总之虽然西军占据地利优势,但是心不齐,德川家康的东军虽然冒进,但赢在了团结上。

德川家康的秘密武器

这个战场是德川家康制霸天下的开始,不过你可否知道,这位大名鼎鼎的德川家康,现在大家都叫他"乌龟"?德川家康可是在日本战国时期打通关的人,为什么被叫乌龟?

因为他懂得韬光养晦,送走了织田信长,又送走了丰臣秀吉,他一直在等一个机会,等到了才肯出手,等不到就忍着。就是因为能等,才笑到了最后。

其实等待的过程,更多是一个不断抉择与否定的过程,是一种非常焦虑的状态,不断天人交战,让人精疲力竭,有大智慧之人才能够做到。就像司马懿一样,能穿上诸葛亮送的女儿家衣服,还说很合身。

有个"杜鹃不鸣"的故事,来描述日本战国时期织田信长、丰臣秀吉、德川家康三位枭雄的性格。话说有天日本天皇发了一个朋友圈,问"杜鹃不鸣,怎么办"?织田信长留言:直接杀掉;丰臣秀吉留言:想办法把杜鹃逗得叫起来;德川家康留言:等呗,等杜鹃叫。

有句话说得很好,人类的全部智慧都包含在这两个词中——等待和希望。这可能是东方文化特有的内涵。你是孙子的时候,就要有孙

决定天下的战场

琵琶湖的傍晚

子的样子；你当了爷，就没人奈何得了你。人性不是极度的压抑就是极度膨胀。

德川家康一生谨慎，得到天下后，对内采取在江户留人质等方式，对外也不招惹朝鲜，谨小慎微，励精图治，坐稳了天下。德川家康是在与世界交手，像一张弓一样没有一时放松，直到死时才缓缓放下，力道化成近300年的德川幕府统治。

1616年德川家康去世，留下遗言：遗体葬于骏河国久能山，在江户的增上寺（东京都港区）举行葬礼，在三河国的大树寺（爱知县冈崎市，德川氏菩提寺）立牌位，待一年后在下野的日光山（栃木县日光）建小堂（日光东照宫）以镇守关东八州。

以后有机会要去一下日光山东照宫，那里主祭神是东照大权现，也就是德川家康。有意思的是，东照宫墙上雕刻了三只猴子，一只蒙眼睛、一只堵嘴巴、一只捂耳朵，分别摆出了"非礼勿视，非礼勿言，非礼勿听"的样子，这体现了德川家康性格中"隐忍"的特点，也反映了日本人性格中"克己复礼"的方面。

经过一个个古镇，看到一座座茅草为顶的木屋，会让人恍惚了时间。我在日落的时候赶到了彦根。近江地区最有名的要数琵琶湖，从地图上看真的挺像一个琵琶的形状，西面是头，东面是尾。琵琶湖在日本跟富士山一样，都被视为日本的象征。我来到琵琶湖边时，只看到了落日的余韵，光线划过琵琶湖，像在弹奏一首曲子，那么嘹亮、那么狂野。

DAY 16

京都夜樱忽然开满天空

这天终于骑到京都，看到漫天樱花盛开。

相比在其他地方，日本骑行途中所遇到的道路都非常平坦，并不是说坡度高低，而是指路面的好坏。记忆深刻的是，日本非常注意交通安全问题，道路施工时，无论多晚，即便是瓢泼大雨，都能看到路政人员在疏导交通，这应该是法律规定的。不过途中没有遇到野狗、蜘蛛、飞鸟之类的意外，缺少了些乐趣。

彦根城外的近江八景

彦根城有一个好听的名字，叫作金龟城——金龟换酒，何等豪爽！金龟城被日本政府指定为国宝古城，但这是我遇到的为数不多的没有入选世界物质文化遗产名录的古城，一直都在备选名录里。彦根城能

彦根城的日落

保存下来实属不易，19 世纪后期的明治时期，许多城堡被拆除，彦根城由天皇批准免于拆除。月光下的彦根古城，也被评为近江八景之一，深受当地人的喜爱。

日本文化中有一种很强的从普通地方发现美的审美能力。潇湘八景和近江八景，是中日两国比较有名的两处诗意化了的风景名胜，后者模仿前者。潇湘八景中的江天暮雪、平沙落雁、渔村夕照、洞庭秋

彦根城天守阁

月等,所指场所不特定,主清虚淡雅的意境;近江八景中的比良暮雪、坚田落雁、濑田夕照、石山秋月等,都指明具体地点,在寻常场景中发现不同的美。不仅仅是景点命名上的借鉴,潇湘八景墙内花开墙外香,也极大影响了日本水墨画的发展。

  此处原是石田三成的领地,就是我们之前提到过"三献茶"的那位,在关原大战败后被斩首。之后井伊直政被德川家康派遣到彦根,为抹去石田三成的痕迹,要重建城池,这就是彦根城。整座城是其儿子井伊直孝用佐和山城附近的一些木料建造而成。在"二战"末期,此地也被列入轰炸名单,计划实施轰炸的日子是1945年8月15日,而这天日本宣布投降了。

我很喜欢这种楼阁建筑上漂亮大气的飞檐，在日本叫作破风，其实就是中国的博风板，其特点是中部会有一道带有弧形的隆起，在中国现存的建筑物中已经很少见了。三层三阶的彦根城，自上而下，分别为"入母屋破风""唐破风""切妻破风"三类，这些样式组合在一起，显得尤为精致。

你猜我遇到了什么？耍猴儿的！这也是从中国传到日本的。在日本奈良时代，马厩中一般用猴子来看马，可以驱邪，可见中国民间文化对日本的影响，后来发展成一门街头艺术，一般在举办庙会时出演。这杂耍玩意儿在国内也很久没有见过了，在日本碰巧遇到，内容基本上跟中国耍猴儿一脉相承：跳一个，握握手，翻跟头等，引得现场观众笑声不断，很有意思。

逗猴儿表演

在彦根城宝物馆见到这把剑，虽然已经忘了剑的来历，但依然能感受到剑气。

耍剑要到"无想剑"的地步，手上有剑，心中无剑。就是心里不假思索，毫无念想，全凭下意识反应，一招制敌，这就是所谓"一刀流"的最高境界。因为你一想，就会怕，就会犹豫，会被

心中的剑

对方看穿，自己的招数就会被破掉，所以不能想，让自己无私无欲。

据说有次日本剑豪伊藤一刀斋闭关七天七夜，自我感觉不错，正要离去时，感觉身后有人靠近，手起刀落了结了对方，因为事前未做任何细想，所以称之为"无想剑"。高手过招，就快那么一点点就好，这一点点就体现在思考上。

这类打斗，不是村头械斗，而是要追求境界。练弓也是如此，就要练到手中无箭、心中有箭的境界。我拿着一张弓，对着天空，做成弯弓射箭的样子，老鹰就掉下来了，追求这种"箭不可放、箭会自离"的境界。

日本广义中的剑都是单刃的，有一些弧度，正好适合拔出之后杀向后方，速度最快，而欧洲以击剑为主，击剑就是对正前方的刺杀，这也显示了两者的不同。在农耕文明里，我们面对着庄稼地，背对着外人;在狩猎文明里,看到猎物必须扑上去。日本人遇到危险,抱着孩子背对着危险的方向,而美国人则将孩子往后推,然后自己张开双臂面对危险。

战国时期打仗时,日本军队习惯一边背部朝敌人防守,一边观察敌我形势,这种思维也用在了战斗策略中。在源平之战中,源义经率七十轻骑越过险要峡谷,从敌军阵营的后方奇袭敌军,大破平氏军队,那是对方最薄弱的地方,这几乎成了日本战术中一个常用标准战术。

近江商人闻名全世界

安土山顶上有座八幡城的城迹,那就是著名的安土城,由织田信长命名,现在可以坐缆车上去,记得是每 15 分钟一班。我到缆车口看到那长得看不到队尾,就放弃了,先在八幡古镇里四处逛逛。

安土城三面琵琶湖环绕,气势雄伟,是当时日本建筑史上第一座

阁中梦境

古镇婚纱照

高峰。据说高有七层,城壁上涂满黄金,城顶完全由黄金制成,从远处看,水面下的倒影像一座梦中黄金城堡,也被称为"幻之天守"。当时是何等不可一世,在织田信长被杀之后,安土城被付之一炬,不禁让人想起织田信长名言——人生五十年,往事恍如梦幻,有生亦有死,壮士复何憾。

仿佛人全都跑去排队等缆车了,古镇里人非常非常少,没有任何商业化气息,我再三从地图上确认,看到拍婚纱照的情侣,才确定这是个景点。古镇的风貌还是 400 年前的样子,当时就是在这些人来人往的街道里,酝酿出了近江文化。

在日本逛的古镇多了,会感觉其规划都是围棋棋盘式的,道路方方正正,四通八达,很少有弯路。每个小镇是一个小棋盘,全日本是

近江商人的店

个大棋盘,很符合分封制下的布局。在这块日本国土的大棋盘上,分成不同的势力范围,由各个大名、统领在各自领地上建城下町,城下町一般分布在天守阁附近。从政治生态上来看,就是在这种领主分封基础上,建立起以幕府将军城下町为中心,向各藩城下町呈辐射布局的统治。

我以前在电视上看到过近江商人的形象,头戴斗笠、身披蓑衣、肩挑扁担,非常会做生意。近江商人号称日本第一商帮,类似中国的晋商、徽商、浙商、粤商等,他们当时主要做一些麻布、绢、斗笠等生意,江户时期这些商人发展到日本全国,还有很多活跃在现在日本商界,松下幸之助就是"近江商人"的代表人物。

近江商人多信神佛,重规则讲道德,经过数百年延续形成了近江文化。现在人们常常研究近江商人文化，研究他们如何经营企业、为人处世、教育子女，怎么打破富不过三代的魔咒。近江商人提倡"三方好"理念，即卖方好，企业对自己负责任；买方好，企业对顾客负责任；世间好，企业对社会负责任。

这一理念来自佛教的"自利利他圆满"的精神，近江商人对佛教的理解，不仅仅是常见的烧香磕头保平安生意兴隆，而是将利他精神融合在经营理念中，与顾客之间形成一种信任关系，有了这层牢靠的关系，可以减少交易成本，扩大经营品牌，也使得家业一代代传承下去。其实大道理大家都懂，重要的是在以身作则的基础上，一代又一代地践行和努力。

近江商人的行为处事，我理解就是佛家说的"因果"。比如我们吃肉，要杀生，这种不顾其他生物痛苦的做法，要遭到报应，因为你这样别人也会这样，最终这种戾气会影响到施者身上。如果大家都不杀生，都温柔善待彼此，每个人也不会受到那么多伤害。当然，这需要人人都开悟了才行，每个人慧根不同，真正的

八幡镇的小河

DAY 16
京都夜樱忽然开满天空

世界大同只是种美好的愿景。

这里是个水乡，因为靠近琵琶湖，便多了层灵秀的风味。站在小镇的桥上，一眼望去，依托琵琶湖开凿的运河穿过小镇，细细的支流散落在错落有致的古镇中，小河边的商人旧宅和仓库与樱花树交相辉映。缓缓的河流不仅穿过了小镇，更是穿过数百年时光，孕育着日本水乡小镇的别种风情。

东海道骑行到此结束

骑行至京都三条大桥，一条完整的东海道骑行的路线就结束了，其实最后两天借道中山道上，并没有完全按照标准路线来走。三条大桥是一条石桥，横穿鸭江，看起来并没有什么特别之处，但它是江户时代修筑的驿道——东海道和中山道的终点。

完成骑行的全程，并不令我感到兴奋，结束一件事情，总没有比开始一件事情激动。如果集中精力，东海道四五天就撸完了，没那么困难。下次若有机会再去日本骑行，可能就走中山道。

值得一提的是，我在三条大桥附近发现一块纪念碑，纪念"东京建都 50 年庆祝·东海道徒步接力赛"。该比赛就是跑完一个完整的东海道路线，从京都到东京全长 516 公里，在 3 日内完成。令我惊讶的是，这件事情发生在 1917 年。

在日本，跑步文化是源远流长的，"陪跑冠军"村上春树曾说，在个人的局限性中，跑步可以让自己更为有效地燃烧，哪怕只是一点，这便是跑步的本质。这几年国内跑步文化刚刚兴起，越来越多的人开

三条大桥边的纪念碑

始跑步,马拉松活动比城市还多。不过东京马拉松作为亚洲唯一大满贯赛事,希望有机会体验一下,如果能中签的话。

回想这一路的骑行,道路整体而言较为平坦,毕竟大多是在靠近平原地区的东海道骑行。在箱根附近的时候,由小田原市往北绕御殿场市,会比直接挑战箱根好很多。中部从丰桥到名古屋途中,有些小的坡度,会花些时间,但是并没有太大的难度。

最后一天坡度比较大一些,经历两个小爬坡,第二个比第一个陡峭,由于琵琶湖水面比京都高40米以上,因此有好几个小断层山脉横在其间,但没有太大难度。不过还是要注意安全,因为坡度很大,别说骑行,即使我想站住拍个照,也有种要滚下去的感觉,十分危险。

在日本骑行,沿途补给问题无须担心,各类快餐店和中华料理随处可见,日本便利店密集程度前所未有,自动贩卖机也很发达,买饮料买水都很方便,垃圾桶在自动贩卖机旁边可以找到,实在不行还可

DAY 16
京都夜樱忽然开满天空

回首来时路

以喝自来水。去日本骑行一圈回来，根本达不到减肥目的。

　　这次日本之旅大致可分为三个阶段，不建议全程骑行，可以尝试汽车＋单车方式，或许体验更丰富。整个东海道根据大城市聚集区分成三个部分：第一部分是温泉之乡箱根一带，距离东京90公里左右，可以泡温泉，攀登富士山；第二部分是名古屋一带，可以到被称为"小京都"的飞弹高山和白川乡，以及岐阜等地游览；第三部分是琵琶湖至京都大阪一带，感受近畿之地的江户风情。

京都高濑川夜樱纷纷

距离三条大桥不远的一处小河边游人如织,令我有种置身于大城市的感觉。这条河叫作高濑川,樱花层层叠叠开得颇有气势。因为天气寒冷,这一路走来樱花都是散散落落开着,完全没有意识到京都夜樱盛开如此繁茂,本以为自己到东京那天樱花就应该已经开了,白天在近江八幡城看到的樱花零零星星还未盛开,我实在琢磨不透日本樱花盛开的节奏。看来只有这半城花开了,剩下的半城尽是人间烟火。

赏夜樱是京都当地人重要的夜生活之一,在京都八坂神社圆山

八重红枝垂

DAY 16
京都夜樱忽然开满天空

高濑川的夜樱

公园,夜里灯火辉煌,樱花灿烂。路边小吃摊也排起长龙,人们在樱花树下席地而坐,在这里唱歌、饮酒、撸串,以樱花祭的名义狂欢。百米外可以看见公园中间有一株落落大方的八重红枝垂樱,在夜幕中如云似霞,恍惚间,那婀娜的身姿宛如穿着粉色和服的少女。

日本人毕生追求的境界就是美,这种精神追求高于世间一切,渗透在日本人生活文化的各方面,死亡都不重要,就如这樱花一般,凋零的时刻最美。这甚至成为一种审美风格,看了很多日剧,总让我有种说不出的感觉,无论是叙事方式,还是画面构图,或者矛盾冲突,总是令人感到莫名的悲伤。

月光透过樱花树

一个人一生,真正完全如愿的事情很少,这并不是悲观,悲观没有任何意义,就好像说,凡人必有一死,但这也没有什么用,重要的是按照自己的意愿做了多少事情,以什么样的姿态,死在什么地方,所谓"生的伟大,死的光荣"。

"菊与刀"代表日本民族一个维度,从另一个维度来讲是"樱与庙",追求刹那与永恒的共生、过去与未来的统一、个人与宇宙的融合、此岸与彼岸的消解。日本人向往樱之凄美,人生应该像盛开的樱花一样绚烂,绚烂之后的灵魂葬于庙宇一侧,得以长久安息。究竟世界是我的一部分,还是我是世界的一部分,并不重要。

没有抢到宇治抹茶冰激凌

花红柳绿,十里春风,不如一片能触摸到的残叶。

宇治有条名河叫作宇治川,其水源自琵琶湖,徐徐向南流向大阪湾,河两岸有日本最早的神社宇治上神社,著名的小说《源氏物语》中的故事便发生在宇治。不过去之前我对宇治的所有认识,只有宇治抹茶冰激凌。

一大早在赶往宇治途中,我又经过目黑川。目黑川上每隔100米就会有座小桥,有十几座小桥横跨在水面上,每次有人拍对面的樱花时,都会将对面桥上的人拍进去,如果这条河是"口"字形,就会形成一个闭环,拍别人时,也会被别人拍到,如果有一个人拒绝,那么所有人都将无法拍照了,就像分工协作。

高濑川上花团锦簇

漫步在哲学之道

由于在高濑川耽搁了些时间，到哲学之道时已经人多到寸步难行。"哲学之道"是溪边一条1.5公里长的小径，平时人很少也很安静。之所以被叫作"哲学之道"，是因为日本哲学家西田几多郎经常在这里散步，思考关于东方和西方哲学内涵以及两者如何融合的问题，受西田几多郎影响的哲学流派被后人称为"京都学派"。

因为时间和空间的无限性，世间一切都只是概率而已，人基于对世界的随机性观察，产生对世界的认识。每个人的认知经验是原材料，哲学思维其实就是建筑师，把各类原材料建造成漂亮的房子，有些部分（如屋顶）是负责遮风挡雨的，有些部分（如卧室）是负责休息睡觉的，有些部分（如厨房）是负责补给能量的，有些部分（如地下室）是负责封锁秘密的。

日本哲学对我来说是一个很新颖的领域，我平时接触到的一些日本文化，无非诗词歌赋，尽是花鸟鱼虫，哲学这个领域还真接触得很少。西田几多郎在这条小道漫步，思考人类是从哪里来到哪里去的终极问题，让人很头疼；我在这里走一遭，主要思考等会儿去吃烤肉还是寿司，让人

哲学之道

也很头疼。

广泛影响日本的神道教和佛教经典是否都可以纳入哲学领域？这些宗教类思想偏智慧层面，况且神道教也没有什么经典书籍。国外的哲学家，如苏格拉底、柏拉图、亚里士多德，他们的思想我都不是很懂，我耳濡目染的多是马克思主义哲学。

日本在吸收外来文化的时候往往会融入当地元素，比如，神佛融合、儒学日本化、老庄思想变异、禅宗世俗化等。我看过日本一些文学作品，无论是书籍还是电影甚至是动画片，里面总会有一些哲学探讨，当然可能仅仅是表面上的，类似于通俗哲学之类，不过这在亚洲文化作品中也已经很少见到了。

我仅有的一点哲学知识里，无论是西方的还是东方的，很长一段

和服少女小分队

时间里都认为，人生来并不是自由的，你一生下来就已经负债，这一生都要想办法偿还。西方人生来是有罪的，基于一种责罚；东方人生来要守孝道，基于一种责任。尼采推翻这一切，并且重新定位一个人的人生。最著名的就是那句：上帝死了。

尼采是想告诉人们，你不是天生就欠人两百块钱，你就是你，是不一样的烟火，不要被道德评价绑架，也不要受宗教思想束缚，要过好眼下的生活，建立自己的价值评价体系，要敢于打破一个旧世界，创造一个新世界，你失去的只是枷锁，得到的却是整个世界！

尼采晚年住进了精神病院，后被母亲接回家中，1900 年结束了自己孤独的一生。

宇治那座桥连接彼岸

我奔着宇治抹茶来到宇治这座小城，一出火车站，遇到一对意大利情侣，手上拿着地图，问我一个住宿地址怎么走，我不认识，只能用谷歌地图来查。他们很震惊，说居然还有这么方便的工具。

然后我吓了一大跳，那个酒店在东京还要往北的地方，大概有 500 公里的距离！这让我很震惊，问他们怎么预订的这个地方，距离很远，根本不是一个地方。他们说网上订的，钱都交了！我说这天肯定到不了，就住这里吧，然后推荐他们去旅游咨询处询问。

那几天我全靠这个真段子撑着了。

如果仅在此地停留三五日，不去大城市，会感到一种安逸和舒适，天空蔚蓝、空气清新、山峦叠翠、河水清澈。在宇治，我不晓得是宇

宇治桥

治川的滚滚江水，还是拂过山峦的微风，抑或是江畔的樱花树，营造出这种让人心情舒畅的氛围。

在日本文化中，河流有很多传说和历史故事，例如"宇治桥姬"，每座桥都有桥姬，只是宇治桥姬更为出名。

日本平安时代后期，宇治桥畔有位女子，因有身孕吐得厉害，丈夫过河给她取食物时淹死，只剩下女子在宇治桥上顾影自怜。后来不知怎么画风突变，女子变成寻仇的女鬼，总之留下一个说法，有相貌俊朗的男子过桥时，若被桥姬看上就会被拉到水里。感觉桥姬终于放飞了自己。

关于河里的传说人物，除桥姬之外还有个知名的"河童"形象，喜怒无常，这在日本更是家喻户晓，因身形像小孩所以得名，有时会加害于人。据说日本多地还发现过河童的木乃伊。日本最早的河童传说来自中国，确切地说来自黄河流域，再确切地说来自我老家河北邯郸。

长长的宇治朝雾桥

春秋战国时期魏国邺县就流传"河伯"娶妻的故事,这里面河伯就是河童,故事慢慢传到日本,河童的形象变成了沙僧的样子。堂堂卷帘大将,怎么就变成了河童!想想也是,沙和尚也算是通天河的河童。

远处红色的桥叫作朝雾桥,连接此岸的平等院和彼岸的宇治神社、宇治上神社,这三处景点被包含在古京都遗址中而列入世界文化遗产。不过使我感兴趣的并不是桥两边的知名景点,而是这座桥两边让我感受到的禅意,美好的事物总会让人多看几眼。

朝雾桥的两端,一端是繁华的市区和热门景点平等院,通往平等院沿街店铺众多,人流如织;另一端是僻静的深山,人迹罕至,山中的宇治上神社是日本最古老的神社建筑,幽静至极,院内有口名叫桐原水的古井,为宇治七名水之一,是上古时期留下来的活水,静淌千年。

桥两端连接着动和静,这是对世界的一个简单划分。这正如我们自己,当人内心孤独之时就会向往繁华,当享尽富贵之后又要追

无声的屋檐

求宁静。

你看到彼岸一朵花很美,那可能只是执念下的幻想而已,也许整个彼岸都不存在,只有此岸只有当下的感受是真的。我们经历了漫长的岁月,走过很多地方,慢慢发现世界尽头,逃不出自己的内心轮廓。

宇治平等院是必须去的,因为它出现在10日元硬币上。平等院凤凰堂建于1053年,是宇治盛极一时的平安时代,由当时最有权势的关白藤原赖道住持,当时贵族们仿照自己所向往的极乐世界的样子修建了平等院。

平等院建于池中岛上,如浮于极乐世界宝池中的宫殿一般,美丽身姿倒映在水面之上。据说平等院占据宇治市的一半面积,令我感叹往昔佛教文化之浩瀚,如今来看影响力还是小了一些。

平等院大部分建筑毁于日本南北朝战争时期,只有凤凰堂保留了下来,凤凰堂内供奉着一丈六的金色阿弥陀如来坐像。建筑本身有左右翼廊,似展翅欲飞的凤凰,屋顶也饰以凤凰,所以被称为凤凰堂。

宇治上神社的鸟居

凤凰涅槃,体现了净土门中往生极乐的思想。

　　山下与山上有两处神社,叫作宇治神社和宇治上神社。为什么会有相同名字的两座神社?到访过后才了解是改过名字。宇治上神社鸟居上的字迹已经模糊了,隐约看出是"离宫"两个字,宇治神社和宇治上神社曾被合称为"离宫上社"。

　　宇治上神社与平等院几乎是

平等院

宇治上神社

同一时期建筑，内殿是一间典型的早期神社建筑风格，供奉三位神明，中央供奉的是应神天皇，左边供奉的是其子菟道稚郎子，右边供奉的是其兄仁德天皇。

值得一提的是，应神天皇在位时间大概是中国魏晋南北朝时期，这位天皇是日本历史上真实可考的第一位天皇，是日本第15代天皇，也就是说前面的14位天皇可能都是瞎编的。应神天皇的最大功劳是引入汉字，不过貌似他汉字没认全……

作为一名吃货，逛着逛着就到了中村藤吉本店，这真的是家百年老店！中村藤吉创立于1854年，在1895年的日本劝业博览会上荣获一等奖，1915年为大正天皇大典之奉献贡品，1949年改组成法人组织，1998年推出宇治冰激凌。目前为止中村藤吉在日本一共有5家直营店，其中有两家是最近这10年开的，可见近几年扩张步伐确实有些快。

不远处另一家抹茶店伊藤久右卫门，则成立于更早的1832年，这两家是到宇治必去的抹茶店。但是最终还是没有吃到新鲜的抹茶，

抹茶店排队的人们

因为排队实在太长了。之前因为看到沿街太多卖抹茶冰激凌的小店，只想着到正规总店再吃，最后到总店也没吃到，我也不是"抹茶控"，买些堂食就带走了。以后一看到宇治这两个字除了想到抹茶，还能想到长长的队伍。

坐车回去的路上，看到一场京都平安神宫的演唱会，网上一查，发现太抢手，可能要抢不到票了，于是四处打听，被告知去便利店可以提前买到，然后在 7-11 服务员的耐心指导下，满意地拿到了第二天的票。

便利店中的那台打印机简直无所不能,看起来它只是一台打印机，可以复印和打印数码照片，实际上是一个"哆啦A梦的百宝箱"，

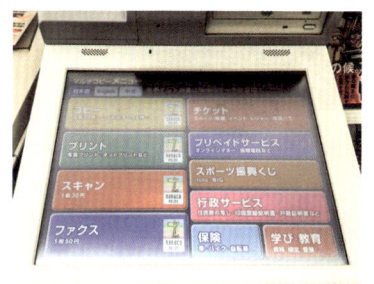

全能的打印机

可以买到各种票——演唱会、体育赛事、电影票、主题公园票、巴士票,还有户籍证明书等,承担日本社会中方方面面的便民服务功能,这些都是在日语版中特有的。如果在中文版本下,则只有复印和照片打印两项,打印一张照片要30日元,这类服务为什么不移到手机上呢?

《源氏物语》的色彩

《源氏物语》是一本非常长的日本古典文学名著,描述平安时期发生的爱情故事。我很感兴趣的有两方面:一个是书中所体现的对美的追求,书中大量用花朵代替女子的名字;另一个是源氏成长的心路历程。我甚至认为这可能是一部具有心理学研究价值的重要著作。

光源氏对后母藤壶的畸形依恋,导致了他对养女紫姬的畸形感情。源氏早年失去母爱,并且经历痛苦的创伤,他在潜意识里认为有母爱就可以弥补这种创伤,但这种需求在潜意识中是被压抑了的,他内心深处一直在寻找,当他看到长相貌似藤壶的紫姬时无法控制自己。这是一种俄狄浦斯情结。

被压抑的结果有两种,一种是火山般爆发;一种是在潜意识里长期作怪。关于潜意识,就是人认识不到的那部分意识,有些人能认识到自己有些事不明白,但更多人认识不到还有那部分未知领域,无论认知是否达成,潜

宇治川河边源氏雕像

意识都深深影响甚至控制着大脑。大脑就是个执行终端而已，理性是一种自我欺骗的工具。

比如给你一张红纸，你会说这是红色，这是因为你调动起这个"红色"概念。这个概念是已有的，之前大脑里就已吸收进去的，你并不会去一步、二步、三步这样启动对"红色"概念的再认知。后来看到股票涨时呈现出红色，就会把"赚钱"跟"红色"联系起来，以后再看到红色就对它多了一个认知。

其实调出来对"红色"的认知，跟调出来的其他认知、感受、回忆、梦境等，在大脑里是没有区别的，比如一段感受——冷了、饿了、疼了等，造成这些感知的原因，你可能已经忘了原因来自何处，但它却影响着你的当下，塑造你现在的价值观，这些就是潜意识的作用。

假设人的大脑是一座冰山，这些潜意识就是海平面以下的部分，海平面以上的部分是理性、思考等，是现在式，但起决定性作用的是海平面以下的部分,是过去式。人活在当下就会受到往昔能量的牵扯,我甚至认为这种能量比客观存在还要真实和直接。岁月会留下无法抹去的痕迹,所以过去的每一天都算数,特别是过去那些不愉快的事情,甚至一些你无法想起的小事,人世间有很多失败和痛苦的经历,这些经历就是我们世间百态,无法回避地影响着人对世界的认识,进而影响着人的行为。

拖延症的本质是,水面上的和水面下的意识在打架,最终都是水面下的力量获得胜利,人类意识中水平面上那一小部分,怎么能对抗水下巨大的冰山呢?人的痛苦多来自念过往和畏将来,这是一个杠杆,放大着我们对当下的感知,虽然心中有万匹野马,但我们都是自身经历的囚徒。

屋檐下的樱花

DAY 17
没有抢到宇治抹茶冰激凌

奈良公园的小鹿也会鞠躬

奈良啊，让人心融化的地方。

奈良和京都是两座古城，奈良比京都小很多，人口比京都也少很多，但奈良是比京都还要古老的古城。奈良最大的亮点是奈良公园遍地的小鹿，它们仿佛是天上神物，下凡到了人间。京都一天逛不完，需要多逛几日；奈良一天能逛完，然后还要再逛一天，再逛一天，再逛一天……

奈良公园一年四季有不同风景，春之晨夏之曙秋之暮冬之夜，不知都会是怎样的？那些著名景点，东大寺、春日大社、兴福寺都在奈良公园附近，或者说都融合在奈良公园里，草地、湖水、小山、古寺，还有穿着不同时代风格服装的姑娘。我遇到一位叫一珺的姑娘，她告诉我，夏天会遇到有斑点的长着鹿角的梅花鹿。

奈良与宁波有着许多不解之缘。日本奈良国立博物馆于2009年

温驯的小鹿

7月18日至8月30日举办了主题为"圣地宁波——日本佛教1300年之源流"的展览,并出版同名书。日本奈良时代将佛教定为国教,不少日本僧侣曾在宁波参禅修佛,很多工匠、瓷器、丝绸和书画都被从宁波带到日本。很久以前日本人对天朝上国的想象,都是从宁波开始的,当年丰臣秀吉试图统一亚洲建立"佛国"时,也是计划以宁波为都,继而占领印度,结果连朝鲜都没搞定。

奈良卑弥呼女王传说

奈良是一座很小的城市,目前人口30余万,却是日本历史上不可忽视的千年文化之都。在《三国志》中记载有"邪马台"这个名字,一些学者认为指的是奈良大和地区,因为"大和"发音yamato,即邪马台,因为还有其他地方发音也是yamato,比如,九州山门地区,因此最终还没形成定论,不过"邪马台国"被认为是日本国起源是没

青灯下的小鹿

有什么争议的。

以前日本学者并不晓得历史上还有"邪马台"这样一个国家，某天看到陈寿写的《三国志》，才发现有这么回事儿。邪马台国是母系氏族，女王叫卑弥呼，被明帝曹叡封为"亲魏倭王"，并授其金印。这是公元239年的事。

那年日本内乱，卑弥呼统一了日本各村，当时日本几百人都能组成一个国家。卑弥呼在位70多年，是一个神秘的传奇人物。日本历史上可记载的两次日食就发生在卑弥呼时代，这不就是日本神话中天照大神躲进山洞里的故事吗？

从科学的角度来看，卑弥呼属于魔法系英雄，利用巫术来统治臣民，《三国志》中将其称为"鬼道"，"卑弥呼"三个字在日语里的意思就是女巫师。无论如何，仅"上古""鬼道""女王"这几个词，就足够让很多人疯狂地迷恋。

一走进奈良公园，惊喜地在路边发现几只小鹿，很是兴奋！像

小怪物泥像

小鹿的地盘

发现稀世珍宝！我不断地走，不断地遇见，原来整个奈良公园就是个小鹿王国！之前听别人介绍说"那个地方有很多鹿"，我心想平时动物园里能见到三五只，"很多"的概念应该10只以上吧，谁知目之所及，是一个加强连数量的小鹿群体，就那样旁若无人地四处散步。目前在奈良的小鹿超过1200只，并且全部是野生的，太不可思议了！

奈良小鹿直到今天仍被奉为日本国宝，也被"神化"了，据说这里第一只梅花鹿，就是710年创建春日神社的时候从鹿岛请来的仙鹿，当初建御雷神就是骑鹿从天而降守护子民的。当然，一开始人与动物

热情的小鹿

并不是那么好相处,于是后来当地出台了一些规定,比如,1637年前杀死一头鹿就会被判死刑。

  道路两边可以买到小鹿仙贝去喂食小鹿,你向小鹿点头鞠躬,小鹿也会向你点头鞠躬,甚是可爱,从人类行为来解读,那是在有礼貌地鞠躬。过马路的时候,小鹿也遵循着绿灯行红灯停的规则,在这神社寺庙林立的道路旁,小鹿仿佛有种与人相通的灵性,如果不亲眼所见,实在无法体会其中的神奇之处。

  不过也要注意安全,喂食小鹿时可能会被咬到手指,每隔几分钟就会听到女生的惨叫声回荡在幽静的奈良公园中。

DAY 18
奈良公园的小鹿也会鞠躬

大唐和尚与日本豆腐

奈良还有一座文化上十分特殊的寺庙，即由中国唐朝高僧鉴真所建的唐招提寺。（终于要回到高中历史课本上来了，敲黑板了！）中日两国的佛教届一直都有往来，从西汉开始接触，到最繁荣的隋唐，继而宋元，其中最具有影响的是扬州与奈良的佛教文化交流。

鉴真东渡真是太不容易，特别是在唐朝禁止国民出海的政策下，鉴真六次东渡：第一次东渡，被官方以勾结海盗名义叫停；第二次、第三次遇到飓风触礁；第四次又被官方押回原籍；第五次出发的时候鉴真已经60多岁，同行者忍受饥苦一路死伤，最后终于登岸，却发现所到之处原来是海南岛；鉴真可算是九死一生，并且最终双目失明，第六次东渡才到达日本。

鉴真到日本后得到天皇最高礼遇的招待。自北部博多湾登陆，鉴真一路踩着鲜花到达奈良，真是外来的和尚会念经。鉴真在日本建立的唐招提寺是日本律宗大本山所在地，律宗是持戒最严的一派。鉴真不仅为日本带去了扬州豆腐，还包括佛法之外的诸如建筑、雕塑、医药学、香道等中国先进文化。当时的中国是主机硬盘，日本像一个小U盘，为中国盛唐文化做了一个备份。

鉴真可以说是日本豆腐业的始祖，豆腐事小，道理事大。日本研究中国的学者内藤湖南说，日本文化就是一锅豆浆，中国文化就像卤水，点进去之后变成了豆腐，这形象地阐述了中日之间文化上的关系。豆腐是我们中华民族优秀的非物质文化遗产，建议举办豆腐文化节、豆腐美食节，建立豆腐产业园区等，通过一系列措施来保护传统文化，

樱花之烂漫

也能拉动 GDP 增长。

　　日本文化也有反哺中国的时候，中国文化作为主机系统多次重装，以至于文件丢失，需要从备份 U 盘拷回来。例如，日本有一部很早从中国传入的书——《游仙窟》，此书曾在唐代广为流传，后来就失传了，直到近代一位中国学者杨守敬到日本时发现此书，才又引回中国。日本还编辑了一本《日本国见在书目录》，这本书可以查找到在中国已经失散的很多书籍名录。

　　除了书籍，还有其他（比如舞曲）的文化。《兰陵王入阵曲》在国内已经失传，反而在日本得以保留，现在是日本宫廷雅乐，日本五月五赛马节会、七月七相扑节会、射箭大赛在庆祝胜利时，都要演奏这首

东大寺念佛堂

东大寺修建于752年,是世界上最大的木结构建筑,也是日本华严宗大本山,给人一种十分宏伟庄严的感觉。这已是300年前重建的新址,并且已缩小到原来的2/3,原来的还要更大,殿中大佛当初修建之时,曾动用日本一半左右人口。当时高僧鉴真在东大寺为日本太上皇、天皇等领导层受戒,东大寺也因此成为当时日本全国最高寺院。殿中的大佛就是卢舍那佛,这并不是一位新神仙,而是佛的三身之一,被称为报身佛,代表已经修行圆满、大彻大悟的一种佛身。

古曲;天皇即位时也会演奏。

兰陵王墓就在我老家河北邯郸,在1992年,45位日本奈良工雅乐代表团团员到兰陵王墓园前,戴上假面具,穿上宫廷乐服,演奏这曲中国古典舞乐。这时《兰陵王入阵曲》已经诞生了1428年,应是在唐朝时传入日本,算起来这首曲子在中国大地上失传也有1000多年了。

兴福寺是日本法相宗大本山,势力最盛时曾监管春日神社,两位神祇都与藤原氏有着密切的关系。兴福寺是藤原氏先祖中臣镰足所建,为藤原氏家寺庙,供奉他们家的祖先春日神。藤原氏家族中谁若得罪兴福寺,寺僧会举行"放氏"的仪式,也就是单方面将此人开除祖籍。春日神社是为藤原家族的守护神而建，社内朱红一片，古木参天，格外雄伟和瑰丽。

中臣镰足一生功勋卓著，主要是发动政变辅佐天智天皇上位，之后进行一系列改革，效仿中国的政治和社会制度，被天皇赐姓藤原，后称之为藤原镰足。此后随着藤原氏的兴旺，兴福寺也成为南都七大寺之一。

值得一提的是，兴福寺、东大寺等一些寺庙里曾经都养僧兵，类似于嵩山少林寺。日本平安时代，僧兵的形象是头蒙白布腰佩短刀，手执长柄的锋利薙刀，形象大多与平日里的和尚不同。武僧系统的衰亡源自织田信长，只要不服的和尚全都杀了，信长因火烧比叡山延历寺，被称为"佛敌"。

日本武僧战斗力很强，不念经文，不戒酒色，横行跋扈，一

小鹿游客纪念照

言不合就要灭你全寺，甚至动不动就要上访怼天皇，即各寺抬着神舆到京城"强诉"——强烈申诉，以保全自己的利益。历史记载，安和年间，兴福寺与东大寺为争夺田产，文斗不断，后国司府出面调停，兴福寺对判决结果不满意，于是一把火将国司府邸衙给烧了，可见日本和尚是不好惹的。

DAY 18
奈良公园的小鹿也会鞠躬

在日本混乱的中世纪，武僧扮演着一股重要势力。僧兵势力中，两股势力最大的为延历寺和兴福寺，延历寺的武装称为"山法师"，兴福寺的僧兵称为"奈良法师"，号称南都北岭，各据一方，后来卷入平氏和源氏的集团斗争中。平家几代出将入相，皇亲国戚，兵败之后，分崩离析。

由春日大社出来，目光所及之处，一路青藤古树，道路两旁布满了石制的灯笼，有数百座，灯笼表面长满苔藓植物，应有数百年的历史了。沿着僻静的山路悠然而上，片片盛开的樱花林，美不胜收；几座精致的小型神社，巧夺天工；片片静谧的湖泊，令人心旷神怡；还有一群可爱的梅花鹿。

这是东大寺外一处小景，却有很多的故事。在平安时代，劝学院由高僧空海法师创建，他曾在这里传授密宗教派，是日本真言宗的创始人，所以劝学院又被称为真言院。空海法师曾求学于长安，其间遭遇海难，在海上漂流了34天，奄奄一息，最终在福建浦霞登岸。在长安留学两年后，带回大量唐朝先进文化。

空海大师在大唐寻找无上密的时候，与我国著名大诗人白居易发展出一段亲切的革命友谊，并成功破解出杨贵妃死亡真相。杨贵妃缘何而死？究竟是道德的沦丧还是人性的扭曲？空海大师又是怎样破解迷案的？请观看大导演陈凯歌的电影《妖猫传》。

空海法师开创日本第一所庶民学校，而在那之前一般老百姓进不了学校，就像孔子当时做的事情；他参照当时唐朝汉字草书的形式，创造平假名统一日本文字，此外还有诸如文学、书法、科技等多方面的成就。比如，日本圣武天皇宸翰、光明皇后都有临书王羲之《乐

春日大社前门

劝学院

长满青苔的古灯群

毅论》，后人评价也很高，可以用笔法雄浑、秀劲绝伦来形容。

在历史上的很长一段时间里，日本相当于中国一个大农村，人们争相追逐的是从中国弄来的好玩意儿，日本自己只是做些"借鉴"工作。至少在明朝以前，中国文化代表亚洲乃至世界最先进文化发展方向，白居易一首小诗传过去都要50年以上。但现在反过来了，有些文化在日本流行好多年后才传入中国，一个中岛美嘉养活了大半个华语乐坛。

平安宫红枝垂樱之夜

这只是奈良天王寺站前的一条普通小河，在我去奈良公园的路上，曾经过这座桥，之后回京都途中又到此，这真是一条不起眼的小河啊！被深深埋在漫天樱花里，后来才知道叫佐保川。我此前问过一个日本友人，日本哪些景点樱花多？友人说，哪里都有，不用做攻略。现在算是明白了。有些路人拍个照片，就匆匆地走了，应该已经看麻木了。

晚上我来到京都平安神宫。如果讲到樱花，那么平安神宫的红枝垂樱可谓京都之最。自下而上看，红枝垂樱主干高耸入云，又漫天撒下，像一张粉红色大网，在微风下摇曳，让夜空更加魔幻；

佐保川上一片樱海

由近及远看,像一团团的火焰围绕在湖的四周,夜里的彩灯更增强了这种效果,让人感觉如在梦境。面对这样的美景,人们并没有驻足,而是缓缓地往前走,因为前面还有更美好的事物。

这是一场很多人等了一年的表演,这场 Live Show 叫作红枝垂樱音乐会。怎么会有人想到这样来设计场景?于漫天红枝垂樱的环境下,将湖心处作为舞台,利用各种颜色的灯光,在栖凤池水倒影的映衬下,美轮美奂。当尚美馆中佐藤和哉的筱笛声响起之时,恰好下起毛毛细雨,樱花、神宫、湖水、灯光、音乐,一切仿佛都停滞了,原来笛子的声音是如此悠扬啊。顶级摄像设备都无法还原那样的意境,像一幅不真实的画。

DAY 18
奈良公园的小鹿也会鞠躬

红枝垂樱与笛声

尽管我已经感叹过多次，在平安神宫身临其境的视听感受，依然令我再次感到极致之美。我想这与地理位置有很大关系，日本位于亚洲大陆东端，一望无际的太平洋切断了所有交通，北方寒冷闭塞，也就是说日本不是文化交汇流通地带，而是地域上的终极之地，这可能是日本人遇到什么好的事物，总想把它发挥到极致并终以保存下来的原因。

离开平安神宫，我沿着这条河，骑着我的小破车朝着京都地铁站前行，去最后一站：大阪。

梦幻般的舞台

归途中的樱花

DAY 19

护城河中一条金黄色游船

在大阪，我度过了在日本最繁忙的一天。

严格说这天的记录应该从凌晨开始讲起，到大阪已经过了凌晨，没想到地铁站里人山人海，拥挤得走不动路，在国内这个时间地铁站工作人员已经下班了。我盘算着不然就直接打车入住，已经很晚，地铁 JR 线时刻表看起来好复杂，到旅店都不知道要几点。

地铁站里的盲人老太太

刚走出手扶电梯口时，看到一位盲人老太太，走路颤颤悠悠，感觉随时会摔倒，走着走着撞到墙根，附近几人发现后冲上去扶着她，到几步外手扶电梯口，就匆匆忙忙走了。老太太继续独自下了电梯，凭借地上的黄色盲道和广播声音，迅速找好排队地方，不到一分钟，

凌晨的大阪车站

车来后麻利地上车走了。

这盲人老太太比我厉害多了,一气呵成,出行毫无障碍,我想自己作为一个健全的人,还是再认真研究一下时刻表,不打车了。根据我以往的生活经验,很少见到盲人活动,有时马路太宽,正常人都要小跑,无法想象盲人怎么出行,更不要说坐地铁这样复杂的事情。在大阪我看到了对人的尊重。

我们观察一个国家时,总喜欢看各种指标,虽然中国的经济体量已经排在世界第二,但对大多数人来说,更重要的是教育、医疗、环境等社会治理方面对个人的保障,特别是家庭收入的提高。公开数据显示,2017 年,日本人均 GDP 达到 34486.474 美元。

从创新角度来看,据 2015 年《汤森路透》数据,全球创新企业 TOP100 中日本有 40 家,超过美国的 35 家,跃居世界第一。日本经济已摆脱人力密集型低端制造业,创新企业集中在新材料、人工智能、生物、机器人等领域。

创新背后是日本研发经费、核心专利等指标位居世界前列。日本获得诺贝尔奖的数量，自 2000 年以来有 13 个，仅次于美国。日本手机行业虽然发展得一塌糊涂，但在智能手机产业链上还是占据核心位置。真为日本财阀感到遗憾，这十几年如果来中国炒房，利润不知道会高到哪里去。

闹市区中的四天王寺

我住在四天王寺附近，是大阪市区中一片僻静的场所，距离大阪城还有几公里，这一天就从这里开始。四天王寺曾是"大阪城夏之战"中德川家康本阵，这是一场灭亡丰臣家的战争，我在如此宁静的公园和广场漫步，无法想象当时战场上弥漫的硝烟。

四天王寺内部的布局为中门、五重塔、金堂、讲堂等呈一条直线排列，外部是"四天王寺式"的回廊环绕建筑模式，其模式来源于中国唐代，由著名圣德太子修建于 593 年，也是日本佛教最早期的寺院，不过在"二战"时损坏严重，目前看到的楼阁为"二战"后重修。据说这里落日很美，余晖洒满西门，并因此得名"夕阳丘"，旁边还有个夕阳丘公交车站。

说书人一定会比较喜欢圣德太子，这个人身上故事很多。当时朝廷上苏我氏、物部氏之间的一个核心矛盾为是否接受佛教传入，圣德太子站在苏我氏一方，也跟苏我氏有血缘关系，并且大力宣扬佛教，当然文斗一般都以武斗结束，经过战争物部氏灭亡，佛教被传入日本，圣德太子为感谢佛祖保佑，因此修建四天王寺。

闹中取静的公园

让日本人开始意识到日本是一个国家，同时还努力告知列国要承认日本的人，就是圣德太子。圣德太子时期，中日两国交往第一次用了对等词汇。607年，圣德太子派遣小野妹子带着国书出使隋朝，同隋朝建立国交，学习隋朝的先进文化制度。《隋书》这样记载日本国书上的落款——"日出处天子致日没处天子无恙"，首次用上地位对等的敬语。

隋炀帝脾气比较暴躁，一看这僭越的称呼脸都变了，使者赶紧在中间打酱油说，汉语博大精深，日本蕞尔小邦没搞明白意思。后来小野妹子带着隋朝写的国书回国，中途不知什么原因给弄丢了。当时天皇问圣德太子，中国皇帝怎么回复？太子说中国方面回复是"皇帝问倭皇"，这件事就算应付过去了。其实当时回复的是"皇帝问倭王"。

两国交往也促进了文化交流与发展。圣德太子非常推崇佛教文化在日本传播，并不是说当时日本人对佛学多么热衷，而是本着一种"治病救人"理念来推广的。当时的日本在万物皆有灵的思维下，虽没有外敌入侵，但自己都快要把自己弄残了，比如判案时，古代也没有法官，怎么来判断犯人有没有说谎呢？

一只铜雀

在犯人对天发誓之后,将其手伸入热水之中,手烫伤的话则为有罪,手没有被烫伤的话则无罪,说明神灵在保佑。这个办法充满统治者智慧,可以轻易控制言论,也不晓得究竟要烫多久,是烫三五分钟,还是烫半小时?当时只要从中国传入日本的文化都是先进文化。

比如花道,小野妹子是日本花道创始人。使者小野妹子从中国回日本后,有天坐在京都六角堂水池边,回忆起在中国的那些幸福日子,忘不了在下午阳光照射下格外娇艳的佛堂前供花,于是就在池塘边完成第一件插花作品,被后人称为池坊花道,池坊就是后来日本花道各流派的本源。(注意注意,小野妹子是个纯爷们!)

奈良时代之前,教育完全服从于当时贵族或社会地位较高的文化人,奈良时代和平安时代开始效仿唐朝一些制度,例如,模仿唐朝国子监设立太学制度,模仿科举制设立贡举制度。当时,日本学子所学主要内容有三经、三传、三礼,例如《诗经》《易经》《左传》《周礼》等,所以日本读书人最初开始学的就是中国文化,除了汉文学,还包括绘画、书法等。

日本平安时代的宫廷贵族日常生活,甚至生产用具、生活用品、佛经典籍等各方面都向中国学习，当时日本人能到长安一个破庙里待一段时间，就像现在去美国"常春藤"大学留学一样，推荐信也很重要。那时的唐朝是个多么包容大气的王朝。

不过平安时代末期日本又重新实行权贵推荐制，毕竟科举是皇权为了打破士族权力垄断，日本皇权并没有那么强大，士族也就不需要画蛇添足了，权贵推荐制也关上了庶族入仕之路。

从历史上来看，越发达的社会越开放和包容，而越不发达的社会越狭隘和保守。毕竟弱小和无知不是生存障碍，傲慢才是。

一些事物传入日本之后由于某些原因总会本土化。比如，日本药材铺喜欢挂金字招牌，其实在当时中国所有店铺都挂金字招牌，并不限于药材铺。因为日本在一段时间内，对中国贸易主要是药材，所以就给日本造成了一种药店需要挂金字招牌的认知。

有部分日本学者认为，华夏文化中心的形成和发展是不断变化的，以黄河流域为中心的华夏文化曾经往南移到长江流域，后来又渐渐向东北蔓延，有一些发展到日本，未来日本也会成为东亚文化中心。这点无论对错，可以看出日本文化是中国古代文化的某种延续。

在中国，每一个朝代都在重新编纂历史，中国人无法理解日本为什么没有换过朝代，就像日本人无法理解中国人为什么总在换朝代。日本文化中最不能接受的是殷商时期周武王讨伐天子，这等于是逆天行事，日本天皇的地位在某种程度上像母蚁般不可动摇。

文化话语权的肢解消亡往往伴随着权力的衰退，这个阶段出现在清末。越南当时也有以小中华正统姿态自居的情结，对柬埔寨的侵略称作"以夏变夷"。所谓的"夷"就是野蛮的西方人，"夏"指的就

四天王寺石舞台

是自己。清末,中国周遭小国都称自己是正统"小中华"。

孙中山革命的口号是"驱除鞑虏,恢复中华",在某种程度上这也反映了日本人对清朝的看法。比如《马关条约》签订时,日本人认为这是日清战争,不是"中日战争",他们只是对清作战,不是对中国作战,清朝廷不能代表中国。"中国"应是指"文明礼仪之邦",是"天朝上国",所以日本并不承认满族朝廷统治下的"中国"。

当时《马关条约》谈判代表李中堂很尴尬,据理力争,日本人反问:如果大清代表中华正统,请问你们的衣冠礼制和皇族血统,哪一方面遵循了周礼呢?正是基于这些文化观念,才有了类似"东亚共荣""五族共和"等美化自己侵略行为的幌子。

大阪天守阁与丰臣家

大阪城曾是丰臣秀吉家的据点,也是后来德川家康控制日本的重要据点,德川家康如果要制霸天下,就一定要消灭丰臣家。剧情提示一下,此前丰臣秀吉上位,是因为织田信长在本能寺被杀后,丰臣秀

四天王寺的乌龟

吉以为信长报仇的名义统一了天下，丰臣秀吉在此后讨伐朝鲜的战争中消耗了太多元气，而德川家康当时仅负责做些守备工作，因此保留了大量实力。

权力失衡后事情慢慢发生了变化。讨伐朝鲜战争尚未结束，丰臣秀吉就去世了，五大顾命大臣来辅佐其子丰臣秀赖。德川家康是顾命大臣之首，权倾朝野，之后爆发了"关原之战"，德川家康取得胜利，扭转了整个局势。那一年是1600年，虽然德川家康是丰臣秀吉的家臣，但毕竟在战国时代，实力才是最终衡量标准。

1614年德川家康发动斩草除根的战争，最终以大阪城中的丰臣秀赖切腹自杀结束。毕竟留下一脉就是养虎遗患，丰臣秀赖不死，总有下一个石田三成这样的拥立者冒出来，德川家康睡不好觉。

虽然大家都知道快要打了，但双方打架总得有个借口。事情是这样的：在一份寺院铭文上，有"国家安康""君臣丰乐"的表述，德川家康表示很介意，因为"家""康"两字分开了，而"丰臣"两字是连在一起的，认为这是在诅咒自己。这就是双方发动终极之战的导火线。

小火车呜呜呜

在那场终极之战也就是"大阪城夏之阵"中，丰臣家有位著名人物叫作真田幸村。我在四天王寺附近看到纪念真田幸村的小牌坊，左下角鹿角横立朱涂头盔，右上角有真田家六文钱家徽，六文代表六道轮回，即地狱、饿鬼、畜生、阿修罗、人间、天上，附近还有一个"真田幸村战死迹之碑"。

以后人看来，天下已定，仿佛皆有宿命，但战争过程中鹿死谁手，是没有一个人能说清楚的。真田幸村曾建造真田丸成功抵御德川家康多次进攻，最终实在不行了，真田幸村以 3000 人突入德川本阵，打

护城河里的金船

大阪城天守阁

得德川家康帅旗都扔掉了,并且一度想要切腹。最终真田幸村战死在四天王寺。"关东百万雄师,竟无好汉一人!"是真田幸村在这场战斗中留下的名言。

真田幸村另外一个比较牛的称谓是"日本第一兵",把这样的名誉给一个败军之将,实属难得。从战斗指数和气势上,真田幸村很像三国时的常山赵子龙,身穿银白盔甲,于百万军中如入无人之境,一生从未负伤。但是从命运上来说像后蜀姜维,努力辅佐一个后主,拼尽全力却依然无能为力,"蜀国之亡,非将军之罪也"。当然这些故事都是后人演绎的。

真田家的六文钱家徽

让路是件很重要的事

有意思的是，我观察到关东关西乘手扶电梯不一样，最典型的区别是关东人乘电梯靠左站，关西靠右。关东就是以东京为核心的周边七县，关西就是大阪、京都附近的地区。据说主要原因是，关东多武士，刀配在左手边，靠左边走便于右手拔刀；关西多商人，商人靠右走便于右手抱钱袋子。在东京坐地铁时要注意，若手扶电梯是通往大阪站方向，就要提前靠右站了。

走路非小事，在日本如果两位剑客正对着走了过来——你瞅啥？瞅你咋的！一言不合可就要出人命。武士作为贵族，对无礼老百姓可以"斩舍御免"，也就是杀人不偿命。然后慢慢地大家就都靠左了。

明治维新前的萨英战争，就是一个由走路引发的血案。1862年秋天，四名英国商人在今横滨东海道上骑马，遇到了萨摩藩大名岛津久光出行，平民应该给贵族让路行礼，可洋大人不吃这一套，场面一度失控，于是当场砍死一个，另外三个负伤。该事件导致 7 艘英国军舰炮轰鹿儿岛，史称萨英战争。这件小事改变了日本发展进程，萨摩藩认识到西方科技的威力，并与英国建立贸易关系，成为不久后明治维新的推手。

所以关键时刻让路很重要。

除了在日本，如何区分左右行道？简单来说，左行以英联邦国家和日本为主，其原因来自古代骑士或者剑客佩剑在左侧，右手拔剑利于进攻和防御，英国海外殖民又几乎把左行推广到海外。那什么时候开始靠右行驶呢？法国大革命后，靠左行被视为上层贵族特权，所以底层老百姓要把这种特权革命掉，变成右行，拿破仑把右行带到自己所征服的国家，除了没打下来的英国，欧洲大陆几乎都变成右行。

左行右行并非一件小事，也反映着势力范围的划分。

大阪城里的风情见闻

"大阪城之役"后，战国大名们你方唱罢我登台的时代过去了，此后开启了 265 年的德川幕府统治时代，城下町繁荣起来，歌舞伎、戏曲、通俗小说等好不热闹。文化的繁荣才是庶民的胜利。

经过夸大和美化的战国故事成了人们的精神食粮，文化就这样延续着。你要是不了解几段战国故事，晚上都不好跟人在外面练摊儿；若能再背诵几句诸葛孔明的《出师表》或者岳飞爷爷的《满江红》，那简直不知高到哪里去了。

我有一次有幸参观陕西省博物馆，欣赏约 6000 年前出土的甲骨

夜色中的大阪城

文,当我一眼看到那个"川"字时,那种中华文明延续至今的感觉,实在是太令人震撼!方才晓得我们的文化是怎样来的。

大阪历史上是一座轻政治重经济文化的城市,水路交汇,川流不息。江户时期日本首都移到东京,大阪作为关西最大的城市,以及千年古城京都和奈良出海口,迅速成为一座繁荣的城市,特别是市民文化兴旺,比如,日本飞田新地已经成为日本第一大红灯区。

不过在大阪见到的流浪汉还是比京都或其他地方多一些,有在日本经济泡沫破灭中失去生活保障的老人,有身患残疾的军人,有混得不怎么样的黑社会,他们风餐露宿,条件好一些的在桥下或者便捷酒店,有些勉强靠政府救济维持生活。

我所接触到的大阪人格外热情,比较自来熟。逛完四天王寺,肚子咕噜咕噜叫，我无意中走进一家一个顾客都没有的餐厅，当时才11点，我犹豫是否要进去，因为之前被告知，在日本如果没有到饭店营业时间，就不要提前进去，甚至提前几秒都是不礼貌的，会有一种催促人的感觉，会打扰到别人。

老板娘是个纤弱的日本女人，热情恰到好处，因为我到得比较早，她便用英文热情地向我介绍店里的一切，甚至盛饭的碗筷。我细看碗的外沿上有女人服饰，虽是简单几笔勾勒，但飘飘欲仙，颇有大唐风采。老板娘介绍说，这是平安时代宫女的风格。

虽然日本饮食味道大多清淡，多生鲜海味，但功夫都用到了形、色上，跟日本的四季变化一样色彩鲜明，并且对配套食器也很讲究，长方形、椭圆形、四方形、菱形都有，食器表面绘制的图案也特别精致，云彩、锦绘或者是一位婀娜的女子。

她问我是从哪里来的，我说从上海来的，她就说了几句上海话，她还会说普通话，还说了几句粤语。我若说自己是从东北或四川来的，可能也会来两句。在日本这么多天，我从未见过精通多种语言的老板娘，唉，我怎么忘了一起合个影?！我走的时候，老板娘对我说，再会！

樱花开了真好，好多穿和服的姑娘在大阪城外的樱花树下拍写真，交相辉映。我所遇到的日本姑娘，大多内敛而有礼貌，只要微笑着去询问是否可以拍张照片，一般都会答应。不过在京都时要小心，你问穿和服的姑娘能不能拍照，大概率美女会瞪着眼说：你瞅啥瞅！

每次出去骑行，总有一些幻灭的地方。去美国是街头篮球。平时网上视频各种拉杆暴扣过人，可到纽约看到几个黑人大兄弟撸了七八

婀娜的日本女子

个回合愣是没有进一个球。去泰国是人妖。以往网上看到的人妖都是十分美艳，其实卖菜、开出租的都可能是人妖，实在不知张嘴该叫大叔还是大妈好。

  这趟日本骑行，虽说时间比较短，不敢讲有深入认识，但一些看法还是发生了变化。没有去日本前，印象中关于日本的关键字是鬼子、富士山、动漫、苍井空等；现在认知里关于日本的关键字是樱花、神社、寺庙、老人、便利店、牛肉、三上悠亚等，可见认识还是丰富了很多。

  晚上就匆匆去机场了。

DAY 19
护城河中一条金黄色游船

番外篇·洛

全世界只有一个叫京都的地方。

日本江户时期,江户(今东京)文化渗透着幕府的政治影响,大阪文化充满了平民化色彩,而京都文化则依然散发着皇家贵族气息。以我对日本不多的了解来看,如果对日本文化感兴趣,京都应该是首站也是最重要的一站,毕竟日本学问皆传自京都。

京都的三个碎片印象

在去日本之前,我对京都没有什么概念,可能跟很多人一样,第一次听说京都这座城市是在关于梁思成的故事中。"二战"时美军听从梁思成建议,没有去轰炸古都京都和奈良,也因此古城中的珍贵历史建筑得以保留下来。不过这事是口口相传的,没有书面证明。2010

洛

年，奈良市正逢平城迁都1300周年，计划立一尊梁思成半身像以表示感谢和纪念，后来却不了了之。

对京都的第二个印象，是因为它极具唐朝风格，呈棋盘式布局，这点大抵是没错的。京都建都之时分左京和右京两部分，左京仿洛阳，右京仿长安，但后来右京渐渐废弃，所以就有了这个"洛阳"称谓。京都在日本历史上就叫洛阳，这不是比喻或者象征，而是真实的称谓。

在京都可以四处看到"洛"的字样。在日本平安时期到明治维新时期的1000多年里，京都一直都是日本的首都，京都以外的人来京都称"上洛"，这也是战国大名的最终追求，代表着一方大名能达到的权力巅峰。

京都建都于794年，在当时是一场盛事，代表一种先进文化。当时日本各个地方都是抢来抢去的土著部族，在这些土著搭几根棍儿就能当门的时候，京都城中效仿唐朝的建筑，每块砖都是有说法的，这就叫讲究！这给当地人带来极大的文化震撼，告诉了人们什么叫美好生活。

对京都的第三个印象，就是寺庙林立。因为每次看到关于京都的信息，大多是关于一个庙宇或佛教圣地的介绍，比如可以极目远眺的清水寺，像时空隧道一样红色鸟居排列的伏见稻荷大社，涂了一层金箔、在阳光下熠熠生辉的金阁寺，那条著名的看不见尽头的岚山竹林小路，经常有美艳的歌舞伎出没的祇园，等等。只是听说而已，但令人向往。

第一次到访京都，走得腿都要断了，一天逛四五座寺庙已足够，还有很多地方没有去。逛是逛不完的，现在京都仍有大小1600多座寺庙。到京都才晓得之前一些看法不过了了，实在是来几次都不够，说几次都说不完。

鸭川流经的岁月时光

一座伟大繁荣的城市，往往会有条美丽的河流，我们给这条河以崇高地位，称之为母亲河。鸭川是京都的母亲河，平安京初建之时，鸭川作为河流象征着青龙。来京都旅游，总要经过鸭川，来这里走走就好，不需要做什么，慢慢感受岁月的沉淀。

鸭川是一条非常普通的河，普通到自从人们在这里生活，就有了关于这条河的记忆。直到今天也没见竖个大牌子，上面写着大大的"鸭川"两个字，也没见江上挤满游客的游船。千年鸭川酝酿了京都文化，

喂鸽者

却一点都不张扬,只是静静流过一些矮矮的居民区。在这里见到一个历史悠久的景点或文物,不要惊讶,因为千年前就是这样的。

河水清澈而慵懒,饲养海鸥的老者站在河边,哺育着河中生灵。水中嬉戏的水鸭和白鹭也在岸边凑热闹,河边还不时经过许多跑步的人;岸上是早春的樱花树,一对对情侣依偎而过。忽而老者一把饲料撒出去,惊起一片海鸥,水鸭和白鹭闻讯而来,跑步的路人被吓得抱起头,只有云淡风轻的老者在河边安静地一动不动,樱花树下的情侣驻足,奢侈地享受着这美好的一切。

在四条大桥附近,还可以尝一尝那些由皇宫、寺院料理发展而来的具有独特风味的京都料理,饭后沿着目黑川散步,漫天夜樱一眼望不到尽头,一直走到鸭川河畔。鸭川夏天的傍晚,河边往往会摆上纳凉床,让人感受拂面的清风和欣赏河对岸的霓虹倒影,以消磨夏暑的时光。

日本战国风云际会,群雄并起,列国纷争,而波澜不惊的是这绵

鸭川河边散步的夫妇

绵不绝的鸭川水。春来樱花吹似雪,夏至戏水知鱼乐,等到凉风吹红叶,又见冬雪覆青堤,鸳鸯俱是白头时,鸭川岸边赏涟漪。或是一个人,在这里等日出云间,守夕阳西下,日复一日,年复一年。实在无处抒发情怀,还可以去旁边祇园小酌,酒醒之时吟出"杨柳岸晓风残月"这样的佳句。

暮霭沉沉的雨中岚山

之所以对岚山感兴趣,是因为知晓那首著名的《雨中岚山》诗,这首诗的作者是周恩来总理。日本是世界上第一个建造周恩来纪念碑的国家，因为周恩来总理曾在这里战斗过，那是1917年的故事，当时比较流行东渡日本留学，周恩来就是留学生之一。

清末以降的中国，列强肆虐，国将不国，仁人志士痛定思痛。当时留学源自一种爱国主义精神，希望能学习日本短时间内富国强兵的秘密，大多都是穷苦家孩子。很多同学去时还是改良派，到日本之后发现这个差距不是改良能解决的，回来就变成革命派了。

当时19岁的周恩来并没有什么钱，300块大洋也是借别人的，求知若渴的周恩来一到日本，就一心扑到组织参加学生活动上，因此落下了学习成绩，在几次考试中均以"日语会话不好"落榜。后来回天津休息一个多月，再度回到日本冲击高等院校。经过不断拼搏，终于毅然决定回国救亡图存，1919年春天回到天津，开始领导革命。

回国之前，周恩来到京都旅游10天，游览岚山时留下著名的《雨中岚山》，其中后两句为："人间的万象真理，愈求愈模糊；模糊中偶然见着一点光明，真愈觉娇妍。"可见总理当时游山玩水中都充满革命的斗争精神。最重要的是周恩来在日本接触到了马克思主义哲学，有了"浮舟沧海，立马昆仑"的志向。

周总理应该会记得，他回国那年日本春天的樱花。

今朝即便来岚山看看风景也是不错的。大桥跨过缓缓流淌的桂川，这座桥被称为月亮桥，被很诗意地融合在朦胧景色中。遥想当年，平安时代贵族在这里饮酒作乐，乘舟戏水，不亦乐乎。如果喜欢秋天，那便更好不过，感受层林尽染，如果再下些毛毛细雨，用长焦段的镜头，手动对焦模式对准细雨，出来就是一幅朦胧的油画。

可能比那桥更有名的是这竹林小道。一定要早起，要选人少时来

岚山竹林小径

岚山的夜幕

这竹林道中,光线穿过层层竹林,闻一下泥土清新的味道,听一下风吹过竹叶的声音,这样与世隔绝的宁静,别处也是少有的吧。在有些昏暗的竹林小道中,一个女子匆匆而过,最惊艳的往往是那暗处的背影,如月光般苍白、如虫鸣般低回、如草露般短暂。

从带着原始崇拜的神秘色彩,到一种颇具禅意的审美情趣,反映了日本民众精神文化需求的不断丰富和发展。日本绘画对奇山异水的表达并不强烈,而是喜欢在平淡无奇的景色中,赋予一种自己内心的情感,捕捉一种超然的意境,从而使得山水温润可人,让春夏秋冬也变得有亲近感。这就像一个人的成长从年轻到衰老,总要经历追求雄浑奇特到最终回归平淡无奇的过程。日本也没有太多山河壮丽的景色,就是看四季变换、细水长流,一切随心。

金阁寺中的那只老虎

金阁寺由足利义满修建,又名鹿苑寺,这个名字来自足利义满法号。在这里,既可从湖畔欣赏水中倒映的金阁寺,也可以坐在金阁寺中,看屋外峰峦叠翠。如果运气好,希望你能遇到一场大雪,金阁寺附着厚厚的积雪,那样景色一定如梦如幻。在我们喜欢的动画片《聪明的一休》中,一休曾和足利义满在金阁寺中喝茶聊天。

那张著名的有老虎绘画的屏风就在金阁寺中。话说有一天,足利义满指着画上的老虎,充满杀机地说:"这只老虎每天都跑出来咬人,你把它抓起来吧!"大家都在等着看一休的笑话,这时候一休捋起袖子,头上扎起布带,手里拿着绳子说:"快把老虎从屏风中赶出来吧,我已经准备好了。"足利义满哈哈大笑,此事就不了了之了。

丰臣秀吉的年代再往前推200年,就是足利义满时期。足利义满扶持北朝天皇,结束日本南北朝局面,完成统一,也进入足利氏240年的室町幕府统治时期。足利义满10岁就继任将军之位,一生英勇善战,并与明朝建立外交关系,被封为"日本国王"。一休为什么可以跟足利义满大将军谈笑风生呢?

因为一休是小松天皇的私生子,而足利义满的夫人日野康子是小松天皇的准母(天皇生母死后,具有象征性的指定的母亲),这样算下来足利义满和一休应该是爷孙关系。但一休的母亲心向南朝,一度想刺杀天皇,计划失败后,逃出皇宫来到岚山。所以足利义满和一休的关系在现实中比较紧张。

一休是个狂僧,不正经的样子跟济公一样,是日本历史上最有名

金阁寺

的酒肉和尚。一休还喜欢去青楼体察民情,晚年 78 岁的时候,跟一位盲人艺伎发生了不可言说的感情,并写下一首著名的诗:"十年花下理芳盟,一段风流无限情。惜别枕头儿女膝,夜深云雨约三生。"一休的一生算是真正放飞了自我。

独特的京都祇园文化

艺伎可算是日本一道特有的文化色彩。

日本京都祇园是知名的风雅之地,类似于北京以前的八大胡同或

祇园舞曲

者南京的秦淮河畔。中国古代青楼，准入门槛很高，必须得色艺双全，琴棋书画样样精通。后来由于竞争较为激烈，行业发展失序，疏于管理，有些地方甚至沦为皮肉生意场所，一时间多少妇女失足，令人痛心不已！

日本艺伎形成时间较短，17世纪在东京和大阪的娱乐场所有一些以鼓乐、评书为生的艺人。刚出现时，大部分都是行走江湖的男人，到18世纪中叶，才渐渐被女艺伎取代。所以艺伎主要是卖艺的，不能简单划入失足妇女的行列，应视为一种合法的职业。

艺伎接待的一般都是社会权势阶层，一次出场费动辄上千美元，身上穿的和服一般也价值上万美元，只为给你最优质的体验！成为一名艺伎也很辛苦，一般会在10岁时被送进艺伎馆接受训练，需要花几年时间来学习跳舞和乐器，了解传统文化和习俗，要达到可以跟大佬谈笑风生的水平。

在一些关于京都旅游的宣传照片上，经常会见到关于日本艺伎的

木偶戏

照片——一些身着和服的背影。构图中脖子一定是核心位置,其他部位捂得严严实实,后颈部位一定要露出来,因为在日本审美中,女人的后颈是最性感的。艺伎和歌姬经常会花几小时涂白色粉底,以前没通电的时代,后颈在微弱烛火的昏暗环境下,白色粉底会散发出光亮色彩,显得更加性感迷人。当然那些审美观念都是老传统了,现代审美中还是要选胸大的。

京都的祇园是个小社会,有自己的一套文化规则,俗话说不怕潜规则,只怕没规则。例如,京都祇园在历史上,最繁华时曾有艺伎3000多人,不过这个胭脂地有两条重要规则:一、即使艺伎老公的结发妻子死了,也不能娶艺伎为正室;二、就算有孩子,也不能要求对方承认,要当作私生子来抚养。如果是女儿则以后继续当艺伎,如

花道

果是儿子则在祇园打杂卖艺。在这样的规定下,生意归生意,家庭归家庭,两股势力相安无事。

在祇园可以看到一些传统文化的表演,有京舞、花道、茶道、琴、雅乐、狂言、文乐等,一开始会觉得有些滑稽,日语也听不懂,但看起来感觉上很好玩。印象深刻的是身着华丽服饰的艺伎优雅地跳舞;茶道展示是现场泡茶送给观众;花道展示是现场插花供观众品鉴;狂言就是一种小品形式,用比较夸张的形式来讲故事;最后的文乐就是一场木偶戏,讲述了一个我没怎么看懂的爱情故事。这些文化元素,都有来自中国街头艺术的影子。

我个人对花道十分感兴趣,虽然并没有自己亲手去做一件插花作品,但只需知道花道是从中国佛堂供花引进到日本的,便可解其中韵味，说到底还是人对自然的美好向往的一种映射，假借花之曼妙姿态展现出来。花道追求天、地、人三者和谐，能看到岁月的留痕和人心的情感，是一种含蓄却精美的内在气韵。佛祖拈花一笑，流露出祥和、宁静与纯净，就像一盆精美的插花艺术作品，只可意会不可言传。

三年坂上的奇闻怪说

因为经常有产妇经过三年坂去清水寺祈求顺利生产，所以也被人们叫作安产坂，三年坂、二年坂以及清水寺都在一起，可以一起游玩。青石板路两旁小店都是当年京都的模样，再加上来来往往穿着和服的姑娘们，这是一种在别处无法体验到的历史沉淀感。

三年坂

人力车上的女孩

我平时见到的景点，因为当年的其他建筑已经由于种种原因消亡了，只剩下了修修补补的几座建筑，而位于京都东部区域的这部分，大片大片保留着数百年甚至上千年前的样子。除了清水寺，这四周其实有很多名胜古迹，知恩院、八坂神社、高台寺、圆山公园、灵山护国神社等，是一个大景区的概念。

灵山护国神社中有纪念坂本龙马的碑文，这是一个从现代"穿越"回去的人。他提出还政于天皇的主张，创建日本第一家株式会社"龟山商社"，对日本海军进行改革，被称为"日本海军之父"，建立了现代日本国家整体框架。后来被人"穿越"回去暗杀了，死时才32岁，凶手和原因至今仍是个谜。孙正义就是坂本龙马的头号粉丝。

亚洲文化中有种特别崇拜改革者的理念，我们学的历史课本中都有革命家的影子。激进派往往受欢迎，毕竟激进派总能在沉闷的历史长河中溅起一丝波澜，而拒绝改变的保守派，往往被历史遗忘了。虽然保守派制止帝国这艘船下沉的努力是悄然无声的，然而可能更有价值，毕竟这些保守派，一开始可能也是激进的改革派。

现在的三年坂、二年坂就是日本手工艺品一条街，但还没有被我义乌小商品城攻下，欧洲美国各类景点的纪念品都是 Made in China，更不要说丽江、拉萨。印象最深刻的是，我在这里买到一种有梅花图案的伞，但平时看不到图案，只要伞一沾雨水，伞蓬上就开满樱花，人的心情也好起来了。一滴雨水也可以令人惊喜，但后来去商场时放门口被偷了，这真是个令人悲伤的故事。

🌸 比京都还早的清水寺

清水寺依山而建，背靠悬崖，因寺中清水而得名，在这里可以看到整座京都城的面貌。大殿前有个 190 米的高台，悬挂在山坡上，下面可以清晰地看到全都是木质柱子，最长的一根有 12 米，这便

清水寺

是著名的清水寺舞台。这座寺建立于1200年前，比京都要古老。延镇上人在音羽的瀑布上参拜观音而开山，并由大将军坡上田村麻吕于798年兴建。

在这山青水绿环绕的高台上，清风徐来，难道就不想做些什么吗？所以便有这句谚语——抱着从清水寺舞台跳下去的决心，来形容一个人决心之大。这不是空口说的，据清水寺几代寺务长笔记《成就院日记》记载，148年中有235人从这里跳下去。今年的名额不知道有没有用满。

清水寺属于法相宗，是日本八宗之一，属北法相宗大本山。法相宗是我作为一个西游爱好者很熟悉的佛教分支。话说混沌未分天地乱，茫茫渺渺无人见……这是《西游记》的开头，然后发生的整件事情大家就都知道了。历史上的唐玄奘，一个人去西天取经，在出发时并没有得到有关部门批准，是偷偷溜出去的。

唐僧经过18年的长途跋涉才到达天竺摩揭陀国那烂陀寺，回来时用20匹马驮了657部真经，放在大雁塔里，回来后唐僧也变成了"御弟"，受到唐太宗亲切接见。唐僧回来后，于646年广收门徒，开创了法相宗。不过，法相宗过于深奥，并未得到广泛传播，不如"顿悟"来得快。

当时正逢中日文化交流的蜜月期。653年，日本和尚道昭随着遣唐使小船来到长安。遣唐使是政府出资行为，等于是公派留学。从630年到895年间，奈良时代和平安时代日本朝廷一共任命了19次遣唐使，道昭就在第二批次的船上。道昭和尚拜唐僧为师，将法相宗传到日本，所以道昭是唐僧第一个日本弟子。

江湖带头大哥本愿寺

放下屠刀，立地成佛。

本愿寺是净土真宗的大本山，净土真宗由亲鸾圣人创立。日本吃肉娶妻的传统，就是从亲鸾和尚开始的。这件事不仅仅破戒这么简单，它还产生了深远的影响。

亲鸾为什么娶妻呢？据说他被托了一个梦，梦里六角堂观音以僧侣的样子对他说，你因为前世宿报，不得不触犯淫戒，那么我自己化身为一个美丽的女子与你结合吧，我必庄严你身，临终引你入西方极乐。这事儿被称为"女犯偈"。然后亲鸾就娶了两个老婆，生下四个儿子三个女儿，那么住持之位自然也会代代传下去，这就厉害了。

净土真宗是一个非常简约通俗的教派。根据净土真宗教义，远离繁文缛节，教徒不用太有文化，不识字都行，念"阿弥陀佛"就可以

亲鸾圣人

逃离苦海获得解脱,还可以娶老婆吃肉喝酒,这样的派别还有什么理由不加入呢?乔布斯生前总是往日本跑,参禅悟道,深受曹洞宗极简主义的影响——只管打坐就好;要想比乔布斯还牛,真的需要参透一下净土真宗了——只管念经就好。

正经来说,净土真宗并不是一个新宗派,而是指"净土教理中的精髓"。亲鸾的教义在当时迎合了很多人的需求。不仅造像、修塔的富贵人家可以获得解脱,贫穷者、愚钝者甚至是破戒的人,大家在寻求解脱的路上都是平等的。亲鸾宣扬大家都是有罪障的,伴随因果轮回而来,是一种无法逃避的宿命,也就是说亲鸾不是单针对谁,而是说在座的所有人。

那些所谓积善行德的人,只不过是拉大旗作虎皮,都是有目的性地伪善而已,甚至生起傲慢之心,走了一条错误道路。若想修得圆满,靠自己无法改变因果里的宿命,而是要依靠佛的他力才可以求得解脱,这就是亲鸾所谓的"恶人正机说"——人本来是罪孽深重的凡夫,救济恶人使其成佛是阿弥陀佛的本愿,恶人只需口念阿弥陀佛即可往生极乐世界。在这样的号召下,来投奔的可不都是"梁山好汉"嘛!

思想上统一后发展起来就很快,净土真宗养起僧兵,在战场上不怕死,日常工作是"帮助别人尽快去极乐世界"。后来发展成本愿寺势力,直到著名的"一向一揆"事件。一向宗就是净土真宗的一支,一揆就是起义事件。毕竟力量大了就自己动手丰衣足食,为争取现世的幸福,净土真宗兴兵 20 万,灭掉加贺守护,要在当地建立一个"佛教国家",虽然最终被织田信长击溃,不过战争持续了 10 年。

庄严的本愿寺大殿

　　净土真宗本愿寺派是日本佛教中教众最多的门派，已经超过700万人。发展较快的一个原因，是净土真宗实行家族继承制，整个家族拉出去就是一个小朝廷。目前本愿寺分成东本愿寺和西本愿寺，西本愿寺是大本山，东本愿寺是在德川家康扶持下独立出来的。这也是各方面都乐于看到的结果，毕竟本愿寺势力太大。东西本愿寺建筑相当宏伟，其中东本愿寺主殿大师堂是京都最大的木造建筑，也是世界上最大的木建筑之一。

　　幽暗的大殿令人明目静心。在阴暗的殿内，老和尚满是褶皱的皮肤、身上金花质地的锦缎袈裟，与佛前明灭的灯火，那会是怎样一幅画面？往往幽暗之处必存在宝贵之物，这种宝贵之物不可言说，但一定是人内心深处渴望之物，那里的空气与别处都不同，并且永远与外面的嘈杂隔绝开来。屋外也有另一种景色，比如屋前一排大殿柱子的影子，倒映在布满木格子的门上，令人忘怀时光的流逝，看久了能让人掉进去，等回过神来已经白头。

别具一格的枯山水画

枯山水是日本庭院艺术的最高峰,前提是你要能欣赏。

一群来自世界各地的游客,坐在屋檐下看石头子儿,全世界除了日本,应该没有地方这样子了,正确说法应该叫品味千年枯山水艺术。

枯山水庭院大多集中在京都,例如东福寺、建仁寺、大德寺、龙安寺等地,石子铺满庭院地面,形成各种纹路。如果没有人介绍,可能匆匆一瞥就过去了,毕竟一个院子也不大。我第一次看到时就在想,这是不是在建房子?怎么石子铺了没人收拾?这样的艺术表达我也是第一次看到,毕竟国内没有这么玩儿的,况且国内寺庙门票那么贵,买票进去后感觉进了施工场地,可能会当场要求退票。

以我常年积淀下来的无产阶级审美观和这双纯净的社会主义眼睛,很快发现大有学问:那些平整铺满的石子就是大海,那些波浪式的纹路就是江河,看久了能感受到挡不住的气吞山河之势。山水只是最粗浅地理解枯山水的一个表面,利用石头、苔藓、枯井等元素,组合成岛屿、云海、孤峰、小桥和流水,变幻出千沟万壑,看似随意泼墨,实则极为讲究,

一片青苔

石子铺成的画——枯山水

失之毫厘，差之千里。

　　当我看到介绍一个关于"宇宙奥妙"的枯山水知名景点，便兴冲冲跑过去，却没有找到，问了和尚师父才知道，我左手边就是那个装满石子的盆景。和尚师父热情地向我介绍，这是地球，那是太阳，还有月球，这整个构成一个太阳系。他这么一说我就理解了，其实他说成这是银河系，我也是能理解的。禅意之景无关乎大小，只关乎人心，所见之物静了，心才会容易静下来，然后你看到的，只是你心中所想罢了。

　　这就是日本人审美中的"空寂"，简单来说就是什么都没有，什么也不是。

锦市场的百货

锦市场中的芸芸众生

此地通俗来讲是条美食街,单名一个美丽的"锦"字。

进入锦市场之前,会看到门口一个大大的气势磅礴的"锦"字,进去后便人来人往,熙熙攘攘。放眼望去全是小吃,我大概吃了章鱼小丸子、章鱼烧、烤鳗鱼、炸猪排、烤串、寿司等,撑得都想不起来具体哪些了,只能想起来撑到走不动路。

早在1311年,这里就开设了第一家卖鱼的专卖店,之后以贩卖鱼货而出名,慢慢成为京都人采购各类食物的大农贸市场,为京都料理提供了丰富的原材料,也被称为"京都食堂"。在这里,哪怕只是买点咸菜,那也可能是上百年历史的老品牌了。

有故事的小姐姐

据说不到 400 米长的街道上分布着 130 多家店面,有的小店前摆满生鲜货物,有的小店前排着长长的队伍,有的小店前冒着蒸汽,好不热闹,像是一个什么都能买到的百货集合地,有点让人眼花缭乱,我只能用四个字来形容——人间烟火。

虽然游客众多,但数百年来,此处还承担着当地人采购食品的主要功能。来锦市场的时候还是拿一份小吃攻略吧,一定会觉得不虚此行。话又说回来,不晓得为什么外国人到中国旅游,很少去当地农贸市场逛一逛。

我所理解的日本,大概是这个样子的吧,世界太大,见识太少,一些看法,仅供贻笑,笔力见拙,文辞粗浅,杂乱无章,万望海涵。

图书在版编目（CIP）数据

半城花开：日本东海道骑行游记 / 天天著 .—北京：
人民日报出版社，2018.8
ISBN 978-7-5115-5739-1

Ⅰ.①半… Ⅱ.①天… Ⅲ.①游记 – 作品集 – 中国 – 当代 Ⅳ.① I267.4

中国版本图书馆 CIP 数据核字 (2018) 第 264569 号

书　　名：半城花开——日本东海道骑行游记
作　　者：天　天

出 版 人：董　伟
选题策划：陈　红
责任编辑：陈　红　黄慧琳
特约编辑：许　可
装帧设计：左左工作室

出版发行：人 民 日 报 出版社
社　　址：北京金台西路 2 号
邮政编码：100733
发行热线：（010）65369509　65369527　65369846　65363528
邮购热线：（010）65369530　65363527
编辑热线：（010）65369844
网　　址：www.peopledailypress.com
经　　销：新华书店
印　　刷：大厂回族自治县彩虹印刷有限公司

开　　本：880 mm × 1230 mm　1/32
字　　数：220 千
印　　张：10
印　　次：2019 年 3 月第 1 版　2019 年 3 月第 1 次印刷

书　　号：ISBN 978-7-5115-5739-1
定　　价：56.00 元